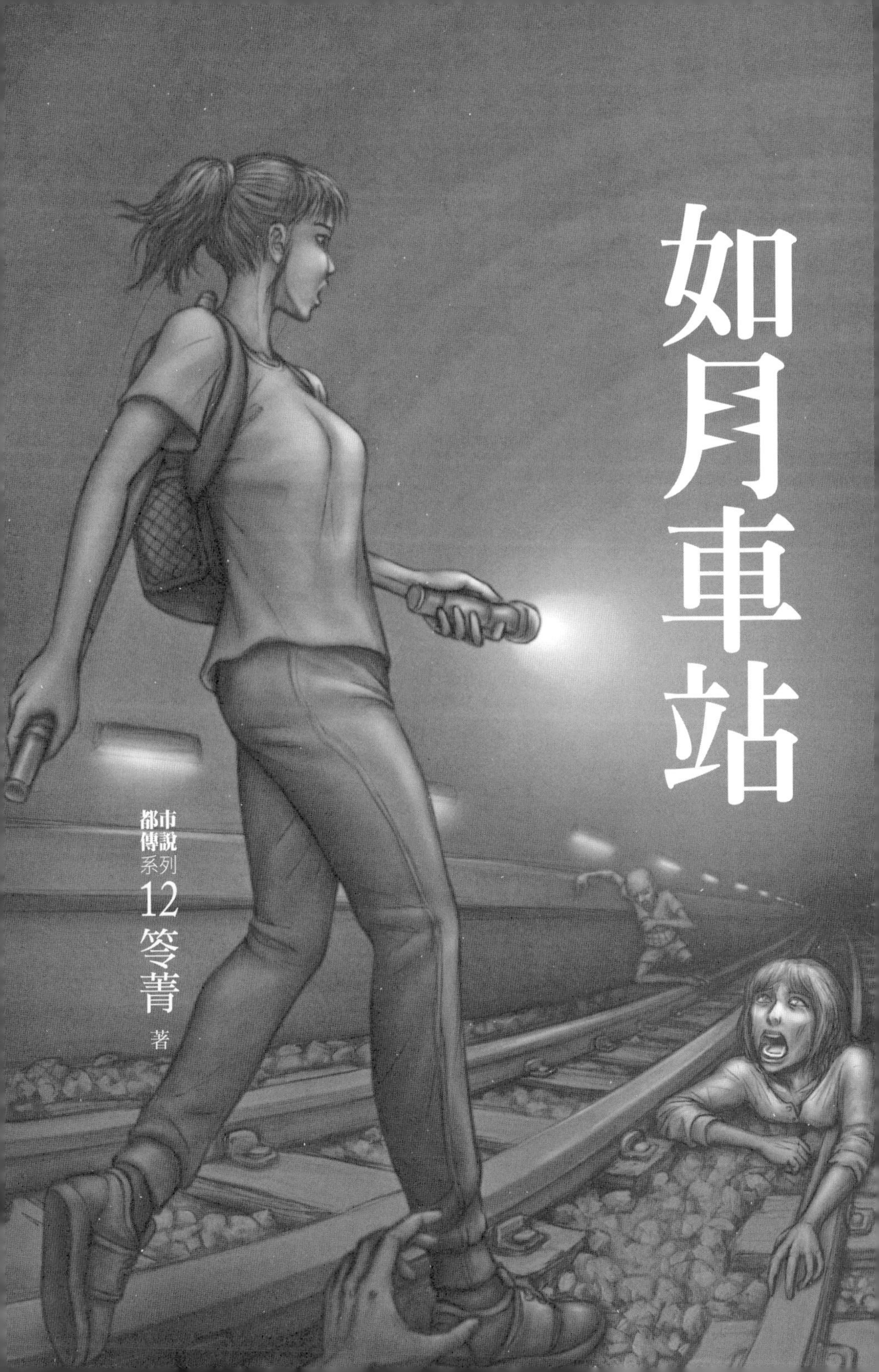
如月車站
都市傳說系列
12
笭菁 著

都市傳說12（第一部完）：如月車站

楔子……005
第一章　沮喪與低潮……011
第二章　遺世獨立……033
第三章　隔空聯繫……053
第四章　隧道外的陌生人……077
第五章　搶救小靜……103
第六章　比奈鎮……129

第七章　莫名的敵意……153
第八章　血腥廟會……181
第九章　最後的會議……201
第十章　突圍……223
第十一章　如月車站……247
第十二章　離站之後……273
尾聲……291
後記……299

楔子

男孩飛也似的狂奔上電扶梯，時間就要來不及了，末班車若是搭不上就麻煩了，他可不想花錢搭計程車啊！

從輕軌轉到地鐵，列車居然提早到站，敞開的門上閃爍著即將關閉的燈號！

『嗚嗚嗚、嗚嗚嗚嗚！』

「等一下——」他慌亂的大喊著，在門關上的最後一刻，及時衝進了車廂裡！

呼……呼……上氣不接下氣的拉住門邊的欄杆，就著一旁有的空位坐了下來，他跑得有點虛脫，都是店長要求盤點，害他差點誤了末班車啦！

拿出手機滑沒兩下，疲憊的伸伸懶腰，冷氣有夠強的，末班車人就不多，相形之下覺得冷氣超冷的！

直覺性抬頭想看看下一站，卻發現跑馬燈的字幕是……咦？

他以爲自己看錯了，錯愕的站起身，沒有跑馬燈？

男孩不明白，接著開始東張西望，發現整個車廂連張路線圖都沒有……等等，這個座位的陳列跟顏色，他怎麼沒看過？

列車開始煞車，他回頭看向即將進站的車子，這台車是……他沒有坐過這班車吧？好奇怪的配色跟陳設喔！

怪異的狀況讓他開始觀察，這眞的不是地鐵線也不像輕軌啊！就算地鐵有好幾條線，他也都坐過啊，沒有印象哪班地鐵是這樣的。

列車緩緩停下，車門敞開，外頭的車站空蕩蕩，杳無人煙。

這樣一想，連車站都不對勁，他搭的是七號線，七號線的設計不是這樣，從月台、顏色到閘門都不是他熟悉的模樣。

這一站的閘門近在眼前，他記得閘門都是旋轉式的，但是這個卻是對開全包式玻璃門……他沒見過這個車站啊！

「對不起……」他緊張的問向鄰近座位的女人，「請問這是哪一站？」

女人驀地起身，不搭理他的直接換了位子，眼尾斜瞪了他一眼。

「欸，我只是想……」他看著月台柱子邊寫著斗大的「きさらぎ（如月）」字，日文？

爲什麼他們國家會有日文車站的名字？他搞穿越嗎？

總有月台人員吧？他趕緊到門邊張望，整條月台上卻空無一人，在閘門旁的站務亭，可以瞧見透明玻璃裡坐著個人。

「嘿！請問一下——」他扯開嗓子大喊，希望亭子裡的人能聽到。

他不敢下車，實在怕下了車後，萬一車子開走怎麼辦？時間這麼晚了，恐怕會是末班車啊。

亭子裡的人聽見了，回頭看向他，那眼神是他沒見過的冰冷……不對，爲什麼那個人看起來不太像……活人？

說不上來的驚悚，那個人看上去瘦骨嶙峋、眼神陰鷙、帽簷很低，只是瞥一眼就讓他毛骨悚然。

「你要下車嗎？」

冷不防的，身後傳來聲音！

「哇啊！」男孩跳了起來，還因此撞到了一旁的杆子，「什麼……」

那是個像列車長的男人，帽簷也壓得很低，穿著筆挺的制服，一隻手指向外面，「車子五分鐘後要開動，你要下車，還是要留在車上？」

「呃，請問這是哪一條線？我怎麼沒搭過！」男孩緊張的問，「這班車有到大學站嗎？」

「你要下車？還是要留在車上？」列車長重複了問題，「這站之後，不知道什麼時候還會再停。」

什麼!?男孩不可思議的看著列車長，列車長不再多語，直接掠過他身旁而去。

他呆站在門口，看著那日文字……他沒去過日本，但是他覺得對這個車站有印象。

可無論如何，這都不會是國內的站名啊！

LINE打了幾通電話沒人接，他孤狗也沒搜到這個站，一轉眼五分鐘就過去了。

列車響起了聲音，或許是警示音，但不知道爲什麼……他聽起來像是有人在嗚咽的哭聲。

『嗚嗚嗚嗚嗚——』

車門緩緩關起，男孩倒抽一口氣，在最後一秒衝了出去！

踉踉蹌蹌的在月台上跌倒，他腦袋一片空白，轉過身時，竟看到整台列車的人，一瞬間都起身貼在玻璃窗上瞪著他。

用那種像是幾天幾夜沒有睡的沉重雙眼看著他，爲什麼……男孩驚恐不明，爲什麼要用那種眼神看著他？

腳步聲窸窸窣窣的傳來，男孩趕緊的回身，才發現月台上、或是車站裡，竟然出現了許多人朝他這兒靠攏，他們動作有點遲緩，但看上去很可怕！

尤其月台上的人距離更近，一個個看上去都……只剩層油亮的皮包裹著骷髏似的駭人！

爲什麼朝他走來了!?

男孩驚覺不對勁的跳了起來，看著從四面八方圍上來的人，他嚇得後退，他只剩下一個方向能夠逃——列車來的方向。

不遠處那深黑的山洞隧道，那邊沒有其他人！

「你們要幹嘛!?走開喔！這是怎麼……救命！救命！」他大吼著，希望站務亭裡的人員能夠幫忙。

站務人員只是望著他，不動聲色。

連出站都沒辦法……きさらぎ……咦？

男孩突然背脊發涼，他想起在哪裡聽過這個站名了。

蒼白的臉色看向柱子上的字，きさらぎ：如月車站，那不是——都市傳說嗎？

第一章
沮喪與低潮

一大清早，不過七點剛過五分就有人來按電鈴，進進出出的擾人清夢；夏玄允擰著眉倚在房門口，滿肚子的不開心。

斜對面的郭岳洋帶著點感傷的望著左方，從角落進出的人們搬走了屬於馮千靜的東西，只是讓他感到難受。

而夏玄允隔壁房，始終沒人出來。

「眞是抱歉，一大早來打擾。」一個男人禮貌性的走過來，看向分據客廳左右兩端的男學生。

「你們都直接殺過來了有什麼好抱歉的！」夏玄允直接說著，「前一晚先通知我們很困難嗎？」

面對直白不客氣的說詞，男人也只是輕笑，他們的確是沒有通知，一大早就過來按門鈴，因爲相信學生這時候必定在家。

「我知道是我們不對，但事出突然……」他依然掛著微笑，「這陣子很謝謝你們對小靜的照顧。」

「是她在照顧我們，而且要道謝也不是你來謝。」夏玄允絲毫不客氣，「而且她不喜歡人家叫她小靜。」

夏玄允攻擊力十足，連郭岳洋聽了都有點尷尬，夏天果然非常討厭後來代表馮千靜出面的人，這位先生他們在電視看過很多次了，是馮千靜的經紀人。

「總之打擾了。」經紀人相當圓滑，朝著夏玄允致謝後，再回身向郭岳洋頷首，「千靜的東西差不多就這樣，我們這就搬走了，這個月的房租我們也會如數奉上。」

「她不打算過來打招呼嗎？」夏玄允一步上前，「還是你不許她再回來這裡？」

夏玄允擋住了經紀人的去向，氣氛變得相當緊繃，男人帶著不屑的眼神瞥向夏玄允，在他眼裡，就是這個家、這幾個男生壞了馮千靜的好事，害他收拾善後格外辛苦！

「夏同學，你應該知道現況有多麻煩，千靜偽裝的事已經曝光了，她還跟你們三個男孩子住在一起！」經紀人忍著怒氣，「參加了都市傳說社還每樁都捲進社會案件裡，她現在簡直是娛樂版的頭條，而且還——」

還跟另一個男生過從甚密！

「而且什麼？被拍到跟毛毛挨著一起走嗎？那又怎麼樣？」夏玄允極度不滿，「我們住在一起，一人一間房，這是分房共住！你隨便去找其他的學生問問，公寓式的大家都這樣住！再說毛毛，他是護著她不被拍到，哪裡有錯了！」

「實情跟輿論是兩碼子事，就算毛同學是護著她，住在一起的事還是能被人加油添醋！」經紀人分貝也開始高昂了。

「怪了，小靜不是人嗎？她不能交男朋友嗎？」

「馮千靜可以，但小靜不行！」經紀人驀地怒吼，「她是有合約在身的人，她代言廣告、有形象責任！」

她之所以能短時間竄紅，除了她的個人格鬥技巧外，外型絕對是關鍵之一，否則何必每次出賽都打扮得如此精心！

「形象！形象！你們有沒有搞清楚小靜就只希望格鬥、喜歡當普通學生而已！做一個普通人！」夏玄允氣急敗壞的喊著，「一點小事就把她隔離，還跟我們像斷交似的！」

從新聞曝光的那天起，馮千靜就再也沒有回來過。

這個她身為大學生的家，甚至連LINE都斷了線，郭岳洋試著打過，電話已經停用。最近沒有大事，所以記者閒得追著這條新聞，何以一位亮麗的女子格鬥者要偽裝成邋遢模樣進入大學就讀，到處在學校訪問，結果一問之下，幾乎無人不知無人不曉，因為她是「都市傳說社」的一員。

有些不熟的新進社員很八掛的回答記者問題，談論馮千靜是「都市傳說社」

的元老，之前發生許多詭異的「都市傳說事件」，都是他們去破解的。雖說馮千靜很少出風頭，但是大家都知道以夏玄允爲首的四人組，每次都有參與。

再往下追，有命案、有遺骨案，每一件跟「都市傳說社」有關，連他校的活動中心被燒毀時，他們也都在現場。

「都市傳說社」社團ＦＢ暫時關版，但資料早就被備份下來，在網路上流傳。

一時之間，「都市傳說」的眞假又甚囂塵上，這個社團爲什麼會遇到這麼多都市傳說？是眞的碰上？還是巧合？或是學生自己的繪聲繪影？爲了炒作話題，讓社團變得很夯，關注率提高？

酸民開始出動、陰謀論、其他人的身家，一一的被挖到檯面上。

但案件是確定的，至少讓馮千靜身分曝光的案子，就是幾個高中生的失蹤案，起因還是在高中校慶裡的屍體！

「格鬥者小靜被捲進一連串的社會案件」、「大學生社團頻繁發現屍體」、「都市傳說是眞是假？」、「學生何以一再涉及命案？」

喀，唯一沒開的房門終於開了，所有人不約而同回頭看向走出房間的毛穎德，他平淡的看著每個人，若無其事的拎著包包。

「我要去買早餐了，要吃什麼？」他看向夏玄允，「別為難他，他有他的工作。」

啊……經紀人鬆了一口氣，「真的謝謝同學體諒。」

「我只是不太想看到你們而已，快走吧。」毛穎德趕忙送客，「我跟你們一起下去。」

少在他家待這麼久。

夏玄允跟郭岳洋都不好說什麼，他們互相交換眼神，這陣子以來，情緒最低落的應該就是毛毛了吧……因為馮千靜的離開，也間接讓他們之間的關係破局。

更別提那天在媒體面前，馮千靜清楚的宣告了他們兩個之間的關係：「只是室友」。

接下來這一個月更以行動證實，她不回家、他們不碰面，聽說她還是有去學校，已經恢復上課，更重新以「小靜」那婀娜的模樣現身，上學還會帶保鑣，且完全不再與他們往來。

室友、朋友，平淡到可以隨時斷掉的感情，她用行動證明給大家看了。

「哎唷！」門一關上，郭岳洋就焦急的嚷著，「小靜再怎樣也可以私下跟毛毛聯繫的啊！」

「毛毛說都沒有，電話、簡訊、LINE完全斷絕。」夏玄允也顯得很難受，「你看毛毛那個樣子，他比我們還難受吧！」

因爲他們都知道，這兩個明明已經在一起了啊！

簡單來說，就是連分手都沒談，就被甩掉了啊！

跟著經紀人一起到樓下的毛穎德沒理人，也不想聽經紀人說話，他曾試圖開口請毛穎德諒解，但是被毛穎德打斷，出了大門立刻分走兩方，毛穎德寧願多繞一段路去買早餐，也不想聽經紀人說話。

悶啊！一股氣悶在胸口裡吐不出來，馮千靜公開說他們只是朋友，他可以理解，但是斷訊他就無法接受了。

他是不敢去面對自己可能莫名其妙被甩的事實。

說穿了，也是剛萌芽的戀情而已，但爲什麼就是渾身不暢快。

馮千靜，有話就直說啊！這樣躲躲藏藏，一點都不是他認識的馮千靜！

她應該永遠都面對挑戰與困難，就算要跟他提分手，也該親自出馬，面對面的好好談談，而不是透過媒體、透過那經紀人，希望他就此放手。

他毛穎德也不是那麼好打發的，不說清楚……他說不定會直接去她上課的班級找她。

她的課表，可還釘在冰箱上啊！

馮千靜簡直如坐針氈。

過去把頭髮弄得亂七八糟、穿著寬鬆的外套、戴上眼鏡遮掩一切時過得多輕鬆！現在得化妝出門，維持良好的儀態與形象，然後從踏進學校開始就受到注目，連在共同科的班上都一樣。

曾經跟她攀談自然的同學都用特別的眼神看她，同時會聊天的人也不敢靠過來，從馮千靜變成「小靜」，距離一下子變得很遠。

更別說還有保鑣站在教室外頭，全校都知道那個班有「小靜」的存在。曝光真的非她所願，這就是她一直害怕的生活，所以她才會盡力偽裝……誰曉得一個該死的血腥瑪麗，攪亂了她的生活。

好不容易捱到下課鐘響，她現在連自己找個角落窩起來吃午餐都不可能了，人人都有手機，她像待在一個全校皆狗仔的世界裡。

「那個……」班上一個女孩尷尬的湊過來，眼尾不安的瞄向從後門走進來的保鑣們。

馮千靜立刻請她暫停，往後一瞥，「我說過不要進教室。」

保鑣面有難色，但還是依言退了出去。

女孩嚥了口口水，帶著緊張的表情絞著雙手，「分、分組的事情，我想問說，妳、妳要跟我們一組嗎？」

馮千靜有點詫異，她不清楚她在說什麼。

「就妳之前不在時要分組報告啦！」較熟稔的小亞直接一屁股坐到她前面座位，反過來面對著她，「之前我們都一組，那陣子妳很忙所以幫妳保留名額！怎樣？要不要？」

「好。」馮千靜立刻點頭，一雙眼瞪得圓大，幫她保留名額耶！

「妳不覺得……」小亞指向後門，「這樣很煩嗎？我們壓力也很大！」

唉……馮千靜嘆了口氣，「妳說呢？」

「以前那樣不錯啊，妳就靜靜吃妳的早餐、聽課，哪這麼麻煩！」小亞眨了眨眼，「要不要我們掩護妳？」

「咦？」馮千靜愣住了，但防備天線跟著緩緩豎起。

囁嚅的女孩悄悄遞上自己的手機，馮千靜狐疑的往上頭瞥去，女孩自己用LINE打了一段話。

『毛穎德說有事想找妳談。』

喝！馮千靜立刻抬首，不可思議的看向小亞跟林瑩眞，這兩個女生……怎麼……她直覺的朝後門望去。

「這如果是某種陷阱的話……」

「拜託，全校都知道你們有多好！」小亞不耐煩的說，「不說他，那個可愛社長夏天呢？妳連社團都沒去耶！」

馮千靜欲言又止，「都市傳說社」現在哪是她能沾的！

「我這可是爲了夏天。」小亞說得超明確，雙眼閃閃發光，「被這麼可愛的人拜託，我可拒絕不了！」

馮千靜微咬了唇，擱在桌上的雙拳依然緊握，現在不是能出亂子的時候。

幾家代言廠商都希望她自律，否則傷害到形象、影響商品販售就會對她提出違約告訴，然後是天價的賠償，她終究不是個普通的大學生，一旦扯到商業代言行爲，就必須爲自己的事負責。

經紀人對她分析利害關係，現在她在風口浪尖上，緋聞只是爲自己造成麻煩而已。

父親的不高興自然不在話下，連章叔都被叫到家裡問了相關案件的來龍去脈，當初答應她唸大學的首要條件就是——「相安無事」，結果一個緋聞不說，還扯上高中生失蹤案與一堆命案，舊帳一攤開，前面落落長的社會案件，全跟她有關。

父親不會管什麼破案有功，他只知道她應該專心於格鬥技巧上的進步，她的人生就該在擂台上發光發熱，去上學只是徒增瑣事，事實證明還真的全是麻煩。

她的確快喘不過氣來，她想回到有毛穎德的那個家，癱在沙發上看電視吃鹽酥雞，但是她答應過父親，短時間內不能跟他們有所瓜葛……至少她親口說出她跟毛穎德只是普通朋友，就不能給外界想像的空間！

「跟他說我暫時跟他沒話說。」馮千靜動手刪掉林瑩眞打的字，「現在不是時候。」

收起課本，她立即起身。

「喂！馮千靜！」小亞跟著起身，立刻握住她的手。

馮千靜克制住即時反應，否則她可能第一時間就拉開小亞的手，直接向後扭去，「隨便碰我很危險的。」

「妳好歹要給人家一個交代吧？」小亞挑了挑眉，「不管決定是什麼，妳不能讓人家懸著啊！」

決定是什麼？馮千靜皺起眉，她自己都不知道答案，怎麼去告訴毛穎德！

「要帶話就一起帶吧？」其他同學早就圍觀了，「還是同學？還是……」

馮千靜知道在圍過來的人群裡，一定有人在錄影、甚至有人在錄音。

「就說只是室友了。」她倨傲的說著，「為什麼大家對他們這麼感興趣？一起分租的房客罷了，到底要扯多少關係你們才甘願？」

有人開心的看著手機裡拍攝的鏡頭，螢幕裡的馮千靜拿起背包帥氣的轉身，對包圍著她的人喊了聲借過。

林瑩眞難過的退了開，馮千靜直接向右轉往後門方向，不知道哪裡傳來倒抽一口氣的聲音，那氛圍令她極度不安的跟著往右邊瞥了眼。

前門，不知何時站著她其實朝思暮想的身影。

毛穎德倚在前門，瞬也不瞬的望著她，馮千靜不可思議的看著他，他什麼時候來的？聽到了多少？

「是那個男生……」

「都市傳說社的毛穎德！」

背後傳來竊竊私語，有人再度開啓錄影，說不定還有人直播，等著看她下一步的舉動。

保鑣走了進來，馮千靜緊繃著身子，朝著毛穎德微微頷首。

扭過了頭，自後門步出。

小亞跟林瑩真緊張互看，本來說好約在樓下的，誰知道毛穎德會上來！

「那個……」小亞趕緊跑過去，「就可能……你也知道有人在偷拍……」

「謝了。」毛穎德朝小亞扔出笑容。

至少他知道答案了，室友、室友，分租的房客而已。

幽幽的向左方轉過，思念的身影正從前門經過，那筆挺的身影，依然注視著前方，永遠是那樣驕傲的小靜。

總算有個答案，至少他能決定自己的心。

「謝了？唉唷！」小亞憂心忡忡，「你一臉快哭出來的樣子耶，毛穎德！」

毛穎德轉過來，用她們不知道的神情苦笑著，「在說什麼！辛苦了！」

朝著小亞她們點頭，他也準備轉身離開。

他不會追著馮千靜出去，他得選擇反方向，其實那天馮千靜下樓後，他們之間的路就已經分歧了。

「等……等等！」林瑩真慌張的追出去，「毛穎德同學，請你等一下！」

毛穎德一點都不想停，他現在覺得一顆心快要炸開了，他要去健身房，不……去游泳好了，他需要一個地方發洩梗在胸口那股悶氣！

「我朋友失蹤了！」她尖聲喊著，「你們能不能幫幫他？」

林瑩眞衝到毛穎德面前，一雙眼還有眼淚在打轉。

「……失蹤應該找警察。」他壓抑著怒氣，現在是怎樣？失蹤也找「都市傳說社」？

「可是他說他遇到都市傳說了！」林瑩眞慌張的舉著手機，「他說他到了奇怪的車站，你們一定知道。」

「妳去找夏天好嗎？」毛穎德不客氣的將她拉到旁邊，「我對都市傳說沒有好感，也沒有興趣！」

甩下林瑩眞，毛穎德從疾走到了奔跑，直接衝向後門旁的樓梯。

林瑩眞好不容易調出了對話框，但是卻只能目送毛穎德的背影離去，豆大淚水往下滑，她顫抖的看著手機，那些阿丞最後傳來的訊息。

「林瑩眞！怎麼了!?」小亞衝了過來。

林瑩眞說不出話，她咬著唇搖頭，阿丞最後傳LINE給她，她去找過警方了，但是他們說沒那個車站，沒看過那個地方啊！

「都市傳說社」的社團最近都呈現關閉狀態，ＦＢ、社辦空無一人，她根本不知道該怎麼辦。

「我朋友失蹤了，他說他遇到都市傳說後……就再也沒有回應。」林瑩眞嗚咽著，「警方也找不到他，已經好幾天了，我想找都市傳說社的人幫忙……」

小亞有些錯愕，這訊息來得有夠突然，她還是個對都市傳說半信半疑的人呢！

「我們……去找別的社員吧！」有人提出了建議，「不是還有好幾個活躍的嗎？有個林詩倪就歷史系的啊！文學院隔壁棟而已！」

「對啊，我們找二號人物吧！」小亞拍拍林瑩眞，心裡有些不踏實，遇上都市傳說？

一票同學起鬨著，明明不是同系，還只是共通課，但大家卻異常的相挺幫忙；當然也有一些看熱鬧的人，已經努力的把剛剛的影片上傳到ＦＢ上，希望利用馮千靜讓自己的ＦＢ爆紅！

只是超可惜的，馮千靜居然沒有跟毛穎德多說什麼，他們到底有沒有在一起啊？

只是室友，她說這句時也超淡定的呢！

只是室友……馮千靜痛苦地閉上雙眼，這四個字沉痛得讓她難以嚥下。

「抱歉，我們應該要注意毛穎德的接近……」身後的保鑣還在自責。

馮千靜倏地回眸，銳利的眼瞪著他們，「如果發現了呢？想要怎樣？」

保鑣不解的皺眉，「古先生交代……」

「我說過不許你們動夏玄允、郭岳洋或是毛穎德！」她有點生氣，「我已經很配合了，最好不要逼我！」

「小靜……」

「天哪……」她突然止步，難受得緊握飽拳，「夠了！你們回去吧，我要一個人靜一靜！」

語畢，她直接轉離停車場。

兩個保鑣詫異極了，趕緊追上去，「小靜小姐！這不可以！妳——」

「我能保護自己！」她回以大吼，「霓彩棍在身上，就從學校到練習場這段路，放過我行嗎？」

保鑣立刻搖頭，這不是放不放過的問題啊！這是他們的職責，他們必須保護——好，她可能不需要保護，但是是爲了讓記者沒有機會打擾她啊！

「我會跟爸爸說，你們不要再跟著了。」馮千靜停下腳步，制止他們上前，「遇到記者我會處理，就半個小時的路程……」

保鑣不再吭聲，但是保持著五公尺的距離，依然跟著。

如果馮千靜可以不搭車，他們也可以，他們的目標原本就是保護小靜。

馮千靜放棄了多費唇舌，她好想哭……沒有人知道她的心情，比賽前的壓力都沒有這般巨大，毛穎德的眼神很受傷啊，是她傷了他！

她厭惡自己，爲什麼要是小靜、爲什麼要接商業代言、爲什麼不能像個普通大學生一樣好好談場戀愛？

什麼格鬥者小靜，連自己的戀愛都捍衛不了的懦夫！

全身緊繃著的馮千靜疾步往輕軌站走著，她忍受痛苦忍著鼻酸，想找個無人的地方歇斯底里的大喊。

休學好了！她滿腦子都是這樣的想法，這樣的日子不是上學，根本是折磨！

這時候有一班車，她記得兩點八分有一班輕軌進站，現在是七分，車子正緩緩進站，以她的速度、保鑣跟她的距離，如果她狂奔進站，衝上電扶梯，在門關上前進入車子，就可以甩掉他們。

馮千靜調整呼吸，留意著半空中遠處的車子緩緩轉彎——就是現在！

她驀地拔腿狂奔。

「咦？小姐！」保鑣們嚇了一跳，措手不及，趕緊急起直追。

但對手是誰？是訓練有素的格鬥者啊，馮千靜的跑步速度可不慢，她飛快的衝進車站，下午時分站內相當的空曠，迅速感應了交通卡後，她衝上電扶梯，果然順利進入車廂。

先不說保鑣們根本來不及準備交通卡，他們本就追不上她的速度。

輕軌車揚長而去時，馮千靜根本還沒看見那兩個彪形大漢衝上樓的身影……呼！她略爲鬆了一口氣，但是不敢大意，因爲她知道車廂裡的人正在注視著她。

經過新聞事件的強烈曝光，連一堆不知道女子格鬥賽的人，都因此記住了她的長相。

略微回頭，兩個學生樣的人嚇了一跳，紅著臉低下了頭。

她回以微笑，她必須想辦法脫去這身打扮，不能讓任何人發現她是小靜。

兩站之後，馮千靜在與地鐵的交會點站下了車，她從容迅速的出站，到臨近的超市買了需要的東西後，就在超市的女廁內更衣，換上寬鬆的運動服、長褲，弄亂整齊的半長髮，戴上一直沒離身的裝飾用眼鏡。

連背包也用另一個購物袋裝妥，務必不讓任何人認出她，她眞的需要一個人的空間。

從容的步出超市，前往就近的地鐵。

地鐵的自動門開啓，她輕快的踏入，突然有一瞬間的暈眩，讓她彎低了身子。

「奇怪……」皺著眉覺得噁心，是地震嗎？

不適感在幾秒鐘後消失，沒有人上前關切，馮千靜覺得這是好事，因爲表示沒人認出她來……不過當她站起身時才發現，那是因爲這時間站內根本沒人。

重新拿出交通卡，卻發出了刺耳的拒絕音，她的交通卡過不去。

「請幫我看一下，鎖卡了嗎？」她把卡遞進亭子裡。

蒼白的手接過了她的卡，往一旁的機器擺上去，連鍵盤都沒敲，立刻就退了回來。

「妳這張卡失效了。」

「失效？怎樣可能，我剛剛還——」

「車子快進站了，妳要不要先去買一張比較快？」站務人員的帽子壓得很低，冷冷的提醒。

馮千靜嘖了一聲，趕緊回身往售票機衝去，她望著售票介面有點困惑，一直以來都是用交通卡，沒有單獨買票過，介面什麼時候換了？

最玄的是機器上沒有任何站名，居然只有三種選擇：一日劵、三日劵、紀念年票。

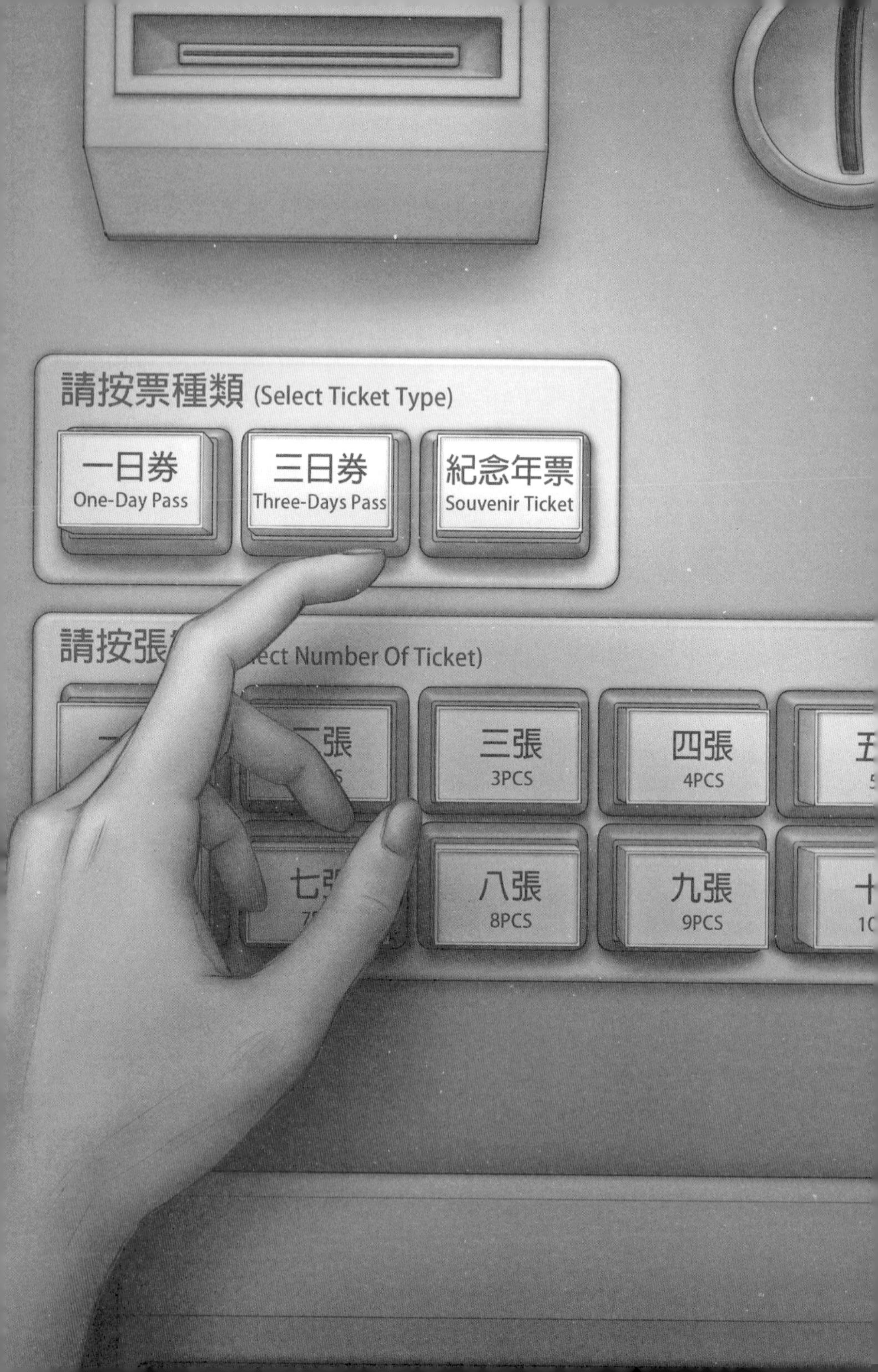
請按票種類 (Select Ticket Type)
一日券
One-Day Pass
三日券
Three-Days Pass
紀念年票
Souvenir Ticket
三張
3PCS
四張
4PCS
八張
8PCS
九張
9PCS

「什麼跟什麼啊……」她匆匆選了一日券，出現了比平常貴上十倍的價目，也沒有時間思考，因爲她聽見了列車即將離站的嘟嘟聲。

車票落下，她從洞口拿出的還眞的是一種磁票，她以爲早就換成感應代幣了不是嗎？

列車進站，她往閘門邊衝，直接感應後便趕緊奔進了地鐵裡。

「呼……」馮千靜無力的找了空位坐下，事實上這班車到處是空位。

要去哪裡她還不知道，反正擺脫了保鑣、擺脫了爸爸、擺脫了經紀人、擺脫了毛穎德……她需要找到只屬於自己的地方，好好的靜下心來。

或哭或笑或生氣，她得要有個遺世獨立的地方啊！

列車緩緩開動，淚水也不住的滾落，她忍不住掩面，這一刻眞的只有她自己……或哭或笑都不會有人對她指指點點了。

她，好想回到過去的生活。

她，好想坐在那張餐桌上吃飯，聽著夏天叫她小靜，甚至聽著郭岳洋說都市傳說有多迷人，然後毛穎德就坐在她身邊。

「嗚……」她緊咬著下唇，趴上了自己的膝蓋。

她，好想遺世獨立喔！

第二章 遺世獨立

「如月車站？」

一腳都踏進教室的夏玄允把腳又給縮了回來。

「她這樣說的啊！」林詩倪一雙眼可是閃閃發光，「我看了對話紀錄，對方眞的是這樣打的。」

夏玄允瞠目結舌，有點因興奮而緊張，「眞的假的……如月車站？哇！」

「那是終極傳說吧？」連郭岳洋都嚥了口口水，「之前到過那個車站的人，好像……還沒回來？」

「嗯。」林詩倪當然知道這個都市傳說，那太有名了，有名到令人起雞皮疙瘩。

一個女孩疲憊的坐上列車，卻突然意識到車子與平時搭的不同，所以利用網路跟網友對話，當年還沒有LINE，那是個像Twitter的系統，所有人都看得見她的問題，關於怪異顏色的車子、沒見過的車站，尤其一個令人不安的名稱：きさらぎ。

這是在日本的都市傳說，「きさらぎ」這個音有人翻成「如月車站」；但如果單就發音，還有別種令人毛骨悚然的意義。

「妳留下她的聯繫資料了嗎？」林詩倪用力點頭，這是自然，「好，妳問她什時候有空，請她到社團來！」

夏玄允一邊說，一邊轉身離開，郭岳洋錯愕的看看教室看看他，啊咧，翹課？

「夏天！」郭岳洋趕緊追上去，「要上課了耶！」

「遇到如月車站還上什麼課啦！」夏玄允回頭嚷著，「要趕快先把那個同學弄出來啊！」

林詩倪皺著眉跟著上前，「有點難耶，他同學已失蹤六天了！」

夏玄允戛然止步，「六天了？」

「嗯，她就是找不到方法才來求救，她是最後聯繫者，LINE後面就沒有任何對話了。」

「跟傳說一樣啊……」郭岳洋有些不安，「那個女孩子最後也是音訊渺茫……再也沒有出現。」

夏玄允深呼吸一口氣，還是請林瑩眞到社團辦公室一趟，然後讓林詩倪重啓社團ＦＢ，他們「都市傳說社」也悶太久了。

「等等等等，那個林瑩眞……就是馮千靜共同課那個同學對吧？」郭岳洋沒忘記正事，「後來怎麼了？」

照理說林瑩眞或小亞應該是來報告後續狀況的啊，希望毛穎德跟馮千靜能見上一面啊！

「別提了，見了面，那馮千靜跟冰塊似的不理不睬，轉身就走！那個毛穎德本來跟他約好在樓下，結果卻跑上來！」小亞終於無奈的開口，「馮千靜說他們只是室友時，他就在旁邊聽著，表情超難看的！」

「她眞的這樣說？」郭岳洋不太相信。

「在教室裡小靜當然會這樣說。」夏玄允倒是理智，「所以毛毛沒講話？」

小亞搖搖頭，「一個往左一個往右，後來林瑩眞莫名其妙就衝出去喊住毛穎德，問她那個失蹤同學的事！」

唉，眞是越弄越糟，連夏玄允都覺得頭痛了。

「解鈴還須繫鈴人，他們的事只有他們能解決……我們呢，先來看看是不是眞的如月車站吧！」夏玄允換了個心情，「我眞不敢相信，居然眞的會坐到那一站！」

「我對那個都市傳說一直半信半疑啊！」郭岳洋反而是有點恐懼，「像是存在於平行空間的車站，要怎麼出來？」

「如果……」夏玄允望著遠方，「哎，如果能親眼看到那個車站那該多好！」

郭岳洋一抹苦笑，他心底深處也很想親眼目睹如月車站，最好還能拍幾張照片留念……但是這個傳說的源頭，是個回不來的人啊！

列車往哪裡去，根本無人知曉，更別說那個女孩當初下了車。

女孩在網路上打出了車站名稱，那根本是個不存在的車站，所有網友催促她下車，女孩下車後，月台上卻空無一人，她根本不知道該怎麼辦，開了定位、報警，依然等不到任何支援。

所以她只能自救，她決定沿著鐵軌離開，試著走回當初搭車的那一站，雖然有點傻，但是那是她當時唯一能想到的方法。

當她跳下月台後，在網路上消失了一陣子，急死一堆關注的網友們，好不容易再度出現訊息時，是她已經穿過山洞，並且還遇到親切男子……一個陌生男子，驚異的不懂爲什麼三更半夜她會走鐵軌出來，接著說要送她一程，載送到警局去。

「失蹤六天了，那個男生不知道有沒有下車？」夏玄允喃喃說著，「是在哪一站搭上的啊？」

「公園站。」林詩倪準確的說著，「他是轉乘時衝上車的，因爲趕末班車，所以沒注意到車子的不同，直接衝進去了。」

「公園站？果然是地鐵……如月車站的傳說裡也是鐵路系統，不是捷運呢！」郭岳洋思忖著，畢竟如果是捷運系統，一下鐵軌就先被電熟了吧！

「他從公園站上車後，照理說兩站後就可以接輕軌回到學校，但是林瑩眞遲遲沒有等到他，而那個男生先發LINE給林瑩眞，說他到了一個很奇怪的地方。」林詩倪補充說明著，「我看到對話紀錄，失蹤的男生是日文系，他說站名寫日文，他又覺得在哪裡看過這個車站，一時不知道該怎麼辦。」

「爲什麼不想先出站？」郭岳洋一直費解的是這個，「當初那個女生有沒有出站呢？」

「有吧，我記得她曾經出站看過，但是說環境陌生又折返。」夏玄允換句話說，「但她的出站，並沒有回到原來的世界。」

林詩倪正在傳訊息，林瑩眞這堂有課，說好下課後立刻會直接到社團辦公室去。

一行人全部放著正課不上，離開了文學大樓，結果才下階梯，就看見怒氣沖沖走來的毛穎德。

「糟糕！」郭岳洋倒抽一口氣，「他看起來不太爽！」

「哎唷！」夏玄允忍不住哀號，「你等等要幫我喔，洋洋！」

「我怎麼幫啊？」郭岳洋打了個寒顫，瞧毛穎德那個樣子，他一拳下來誰擋得住！尤其他跟夏天都是肉咖啊！

毛穎德直接走上來，全身冒著隱形的火，擋住夏玄允他們的去向。林詩倪拉著小亞默默停下腳步，跟夏玄允拉開距離，沒她們的事不要太靠近，星火燎原啊！

「以後不要幹這種多餘的事！」毛穎德低吼著，「我沒拜託你們！」

「是朋友還要你拜託！」夏玄允倒是語重心長，「你們兩個這樣不行的！什麼都不交代清楚……」

「已經清楚了！」毛穎德忍著怒火，他留意到林詩倪跟那個稍早見過的女生，「我跟她的事，我們自己處理。」

「要不是因為你們都不處理，我們犯得著急嗎？都一個多月了，毛毛！」夏玄允嚴肅的看著他，「連個說明都沒有，你不嘔我都嘔！」

「她已經作了決定。」毛穎德不耐煩的瞪著他們兩個，「管好你們自己就好了，不管是要再去找都市傳說、或是弄什麼都行，別把心思放在我身上！我需要沉澱，好嗎？」

夏玄允還想再說什麼，身後的郭岳洋趕緊拉住他，現在他們都是外人，說什麼都不對，毛穎德說得沒錯啊，不管傷口大小，總是要給時間癒合嘛！

雖然他也覺得小靜這次超絕情的，對他們就算了，居然對毛穎德也是一樣的態度，一個多月連句問候都沒有，住同一棟的好歹也要打聲招呼嘛！

「隨便你！我們現在就是要去弄都市傳說！」夏玄允眉頭深鎖的扭頭，「林詩倪！走吧！」

毛穎德因激動與壓抑而大口喘著氣，居然還眞的又有都市傳說？究竟是有完沒完？到底爲什麼這麼容易可以遇到都市傳說啊？

說得也是，現在他們兩個都有課，能讓他們放下正課的，恐怕還眞的只有都市傳說了。

上一個血腥瑪麗才搞出這麼大的婁子，要不是遇到血腥瑪麗，他們跟馮千靜根本還是相安無事的狀態！

他眞恨透都市傳說了！

毛穎德頭也不回的往校園另一角走去，他連上課的心情都沒有了，他現在非常需要一個人，到校園偏僻處，一個人到那裡坐著發呆都好！

他其實多想抓著馮千靜大聲問她，那時在S大的活動中心裡，她肯定明確說喜歡他時，到底是眞的還是假的？

不對。

馮千靜停止了哭泣，她模糊的視線看著自己盛著淚的掌心，爲什麼列車經過這麼久都沒有到達下一站？

她緩緩直起身子，任意抹去臉頰上的淚水，往窗外看去依然是漆黑一片，列車仍在行進中，站與站之間有這麼遠嗎？不遠處有一個乘客，闔著眼正在睡覺，沒有人感覺有異狀。

看了手錶，她哭了二十分鐘了嗎？所以從她上車到現在，列車行駛二十分鐘卻沒有停下？

馮千靜趕緊朝門的上方看去，那上面應該要有路線圖，就算沒有也該有螢幕顯示上下站的……沒有!?她狐疑的望著門的上方，居然沒有任何路線資訊！

她開始左顧右盼，再怎樣，車廂裡會有某個角落貼著路線圖……她直接起身觀察，走過一個又一個車廂，卻沒有發現路線圖。

等等，她站在正中央，手握著銀桿，放眼望去可以看見長長的車廂長龍，這節車廂裡的椅子是深紫色的，她印象中不管鐵路、捷運或是輕軌都沒有深紫色的色系！

仔細觀察座椅的材質跟擺放樣式，也跟平常的截然不同，握著一旁上方的握把，塑膠環……不是堅韌的皮環，再認眞的瞧，窗戶有圓角，裡面的色調偏米白色，地板……是深綠色的。

這是往哪裡的列車？馮千靜全身的警備天線豎起，轉身向後，座位上的人也在睡覺，這台列車上所有的乘客都在睡覺嗎？

拿出手機，她想打給誰，沉吟數秒後，決定坐回位子上，把藏在大袋子裡的背包拿出來。

抽出霓彩棍，她插進褲子束帶裡邊，重新揹起背包，繫緊鞋帶，然後紮起了亂髮。

調出LINE，她直接加入了新好友，省略打招呼，直接打上：『我這裡不太對勁。』

站起身，她銳利的雙眸看著車窗外的黑暗，列車沒有減速的意思，所以她筆直往車長室走去。

叮。LINE的聲音響起，躺在校園石椅上的毛穎德顯得不耐煩，就已經說過他想一個人靜一靜了，夏天他們有時候就是不知道什麼叫做適可而止！

抓起手機要關無聲，卻看見跳出來的視窗……新增邀請？誰？他一邊關掉無聲，一邊點開了新增部分的紅色小1，看見一張花圖案，ID寫著『格鬥王者』。

電流彷彿流遍他全身，毛穎德像被電到一樣坐起身來，迅速點開——『我這裡有點不對勁。』

『妳是馮千靜嗎？怎麼了嗎？』

聽見LINE的回音，馮千靜將手上的手機調成震動，不想打草驚蛇，她來到駕駛室，那閉鎖的門前，小窗戶可以看見一個人正在開著列車，她叩了幾下門，等待著回應。

『我坐上一班已經快半小時卻未停止的列車。』飛快的打著字，她退後三大步，以防這扇門突然打開。

窄小的門毫無動靜，她瞇起眼看著窗子裡，那背對著她的駕駛動也不動。沒有暈倒、沒有出事，列車依然在往前行動。

『什麼意思？妳在哪裡？』

『不知道，沒看過的車廂，綠色地板深紫色椅子，擺放方式我從未見過，我們沒有哪班交通是這個模式，而且還半小時不停。』

她一邊打字，一邊走到緊急呼叫鈕邊，不客氣的直接按下按鈕——刺耳的響聲傳來，她期待回音。

「您好，請問有什麼事嗎？」很好，終於傳來了聲音。

「我想請問下一站什麼時候會到？列車開得也太久了，這班車中間不停靠嗎？」

「是的，下一站就快到了。」對方只回答了其中一個問題，馮千靜就聽見了關掉通話器的聲音。

於此同時，她感受到列車開始減速，光線驟亮，她雙眼一時還無法適應……啊！馮千靜到了窗邊，列車來到戶外了！

灰色但明亮的天際，兩旁不是雜草就是一望無際的草原，列車簡直像行進在荒野裡！

『妳的電話打不通。』手機又震動了一下。

馮千靜拿起來查看，並沒有任何未接來電，這不是打不通吧，根本打不進來。

『車子離開地底，現在在一處……荒煙蔓草的地方，兩邊都是草！』

她試著調到照相模式想傳給毛穎德看，但不管怎麼拍，傳過去都是一片空白。

可以再糟一點！她力持鎮靜，隨時前後張望的等待。

喀喀喀……列車忽然又暗去，兩旁出現昏黃的燈，馮千靜再仔細查看，燈是從底端往上照，這是一個山洞。

『車子慢下來了，我們正通過山洞隧道之類的東西，快到車站了！』馮千靜一邊打字，一邊看著外面變化的景色。

映入眼簾的是個極陌生樣式的車站，馮千靜詫異的看著簡單泛舊的深紅色調車站，A市沒有任何這種色系的車站！不說色系了，車站的模樣也大不相同，他們根本沒有……

車子停住，車門往兩旁敞開，左前方不遠處就是閘門。

根本沒有任何一站，閘門就在月台上的，她搭過無數次了，就算是地鐵，閘門跟月台也有一定的距離，更何況那種閘門她根本沒見過。

比平常的要寬大，而且竟是歐洲的玻璃對開門，他們的交通設施根本沒有長這樣的東西！

『車站非常奇怪，我沒看過這個站。』馮千靜就站在門口，擰著眉看著沒有人的月台，也沒有人下車。

冷靜的環顧四周，她終於看見了白色的站名：「きさらぎ」。

好端端的，爲什麼是日文？她喃喃唸著，這個是，她應該要唸……咦？

馮千靜毫不猶豫的拿起手機，就要拍下車站的模樣，只是才按下快門，畫面立刻閃退，回到主畫面；她狐疑的重複操作幾次，都跳出錯誤的視窗，她眉頭越蹙越緊。

不能拍照嗎？這是什麼跟什麼——電光石火間，她即速回身，舉起的手肘就頂著列車長的鼻尖。

這麼近幹嘛？甚至無聲無息！

列車長倒是也沒有驚嚇之態，他的帽簷壓得很低，八風吹不動的站在原地。

「妳要下車嗎？」緩緩的，他用無起伏的音調問著。

「下一站是什麼？」她警備般的問著。

「列車五分鐘後離開。」列車長扔下這麼一句話，轉身往車廂的尾端走去。

什麼？就這樣，又是個答非所問的狀態！馮千靜哪這麼容易放過他，立刻追上前去。

「對不起，請問一下，這是哪一條地鐵線？我爲什麼從來沒看過？另外我如果要接到輕軌，要在哪一站下車？還有路線圖呢？」

列車長並不打算理她，只見他走了兩個車廂後，驀地停下，直接往右邊望去，馮千靜跟著朝右邊看去，閘門就在正前方，兩公尺不到的距離。

「下車，或是留在車上？」列車長略微回頭，「這是最後一站。」

什麼!?馮千靜愣了住，這裡是最後一站？

她看著列車長繼續往前，忍不住看著近在咫尺的閘門，這到底是怎麼回事？

掌心手機震動個沒完，都是毛穎德焦急傳來的訊息。

『你等等，讓我想一下。』馮千靜打著字，『我在一個……你等我。』

她無法拍照，只好照著柱子上的字，調出日文輸入法，一個個打上原文，快累死她了。

『我看不懂……為什麼會是日文？妳到底在哪？』

『問得好，我也想知道。』她深吸了一口氣，『列車在這站停五分鐘，我得決定要不要下車。』

『先下車啊！那班前往哪兒根本都不知道不是嗎？』毛穎德在校園裡急得跟熱鍋上的螞蟻一樣，『妳得告訴我在哪裡，我去找妳！』

我……馮千靜食指在螢幕上卡著，她哪知道啊！

小心翼翼的踏出列車，直接站到了月台上，這月台……還真是淒涼，舉目望去居然一個人都沒有，閘門邊的站務亭裡也空無一人，這是荒廢的車站還是怎樣？

她懶得打字，決定試著打電話過去……電話那頭順利響著，沒兩秒就聽見了熟悉的聲音。

『喂！』緊繃且焦急，是毛穎德。

「……嘿！」她忍不住泛出微笑，聽見毛穎德的聲音，覺得整個人都平靜下來。

『到底怎麼回事？妳人在哪裡？』

「我在個奇異的車站，就我傳給你那樣……我沒辦法拍照，想拍照就閃退，很不尋常。」她拿出車票，在閘門邊嗶了一聲，「我先出去看看。」

『小心點……怎麼會有日文呢？』

「整台列車都怪怪的不說，現在站內空無一人。」她一路往外走去，果然所見景物都相當陌生，出口只有一個，也是自動門。

她往外走去時，留意到門邊居然有個嵌牆的儀器，她沒看過那種東西。

『跟我說話，馮千靜。』毛穎德汗水滴下，不是炎熱，那是憂心。

「我走出來了……」馮千靜看著開啓的門，有幾秒的錯愕，「哇……這哪裡啊？」

『怎麼了？』

「我好像在……一個荒郊野外啊！」馮千靜詫異的看著遠處山群，還有一整片的荒煙蔓草！

從車站裡望出去，除了眼前的一條馬路外，馬路的另一邊就是田野，或長草的野地，再遠一點是群山環繞，馮千靜一邊留意著後方的列車，一邊走下階梯，眞不敢相信，放眼望去，她連一棟建築物都沒瞧見！

『哪裡？』

「我在……一個沒有任何建築物，只有田、荒地，還有山……我現在看出去都是山！」馮千靜看向她所在的車站，「連車站都很簡陋，這麼小一個，上面掛著……咦？」

仰頭看著車站牌子的馮千靜傻住了。

「**如月駅**」。

月台裡面雖然寫著平假名，但是現在外面掛著的是漢字，這個漢字……她絕對看過。

『馮千靜！』毛穎德聽出她的聲音有異，緊張的喊著。

「等我！」她倒抽一口氣，急忙的往站裡衝，看著柱子上、橫樑上的字樣，全身血液迅速倒退。

きさらぎ！

這個車站她怎麼可能不知道，夏玄允跟郭岳洋說過幾百次了！林詩倪在協助編輯都市傳說時還把它放在第一位，因爲那是活生生發生過的都市傳說，還距今沒多久。

那個半夜在網路上求救的女生，再也沒有回來，她在如月車站下車後——她看向列車，這班車不能搭。

緊窒的深呼吸，她緩步走到閘門外，列車長不知何時又站在車門口。

列車的燈開始閃爍，發出急促的警示音，但那不是刺耳的響聲，聽起來像是誰在哭泣的尖銳！

『誰在哭？馮千靜！妳那邊發生什麼事了!?』

「列車要走了，那是警告音。」她深呼吸，看著車門緩緩關上——幾乎在那瞬間，整台列車裡的人突然跳了起來！

每個人都貼在玻璃窗上，用驚恐的眼神瞅著她。

這是什麼意思？馮千靜忍不住打了個寒顫，這些人不是都在睡覺嗎？每個人

瞧她的眼神像是……警告？不，恐慌？還帶點悲傷？

『妳沒上車吧？』

「沒有，上不得。」她看著車子從眼前呼嘯而過，開始留意到有人影蠢蠢欲動，「你現在在哪裡？」

『我在學校……在我們平常吃午餐那個噴水池附近。』

「你快去找夏天他們，我需要幫忙。」馮千靜從容的找了站內的椅子坐下，坐下前，不忘從腰間抽出了霓彩棍。

這是她格鬥競技時，武器項目的棍棒，前不久拿去揍血腥瑪麗時，一起被捲進血腥女伯爵的世界裡，這是全新訂作，硬度加強，昨天才拿到手的。

『找夏天？』毛穎德覺得背脊發涼，『爲什麼……要找他們？』

「因爲我在一個你絕對不能來的地方……你可能會痛到在地上打滾吧！」馮千靜輕笑起來，幸好……幸好他沒有來。

幸好他們分開了，馮千靜這時感覺到無比開心。

毛穎德沒有思考就知道答案，他緊握飽拳，一口氣上不來，『都市傳說？』

「應該是。」馮千靜冷靜的坐直身子，抬頭看著深紅底白色字樣的橫樑，「我在如月車站。」

第三章 隔空聯繫

冷清的「都市傳說社」裡，只有寥寥無幾的人數，因為夏玄允沒有刻意對外宣布社團活動復活，因此目前只有少數知道有事發生的元老級社員到場。

除了夏玄允跟郭岳洋外，就是林詩倪、她男友阿杰、大頭，這幾個人過去都遭逢都市傳說，「都市傳說社」從旁協助而存活，因此後來都義無反顧的加入社團。

最旁邊的兩位，就是事主林瑩眞跟插花的小亞。

林瑩眞出示與同學的對話紀錄，男孩叫吳炯丞，他在如月車站下車後不敢出站，卻沿鐵軌往回走。

「他覺得有人在跟蹤他？」郭岳洋看著對話，「結果是有還是沒有？」

林瑩眞搖著頭，「不知道，他打完這個訊息後就沒有消息……我們沒通電話，完全都是用訊息……你自己看，後來他說他遇到人了。」

「大家都忘記山洞外的親切人士很有問題嗎？」夏玄允有點不解，「怎麼會這麼輕易上陌生人的車？」

「因為半夜了吧？」阿杰提出看法，「如果我覺得在陌生地方正驚慌、找不到人幫忙，這時出現個親切人士就如同及時雨一般。」

「而且對方會說服自己不是壞人。」大頭深表同意，「別忘了，吳同學剛剛在山洞裡才覺得有人跟蹤他，他一心只想要快點擺脫那種恐懼感而已……或是某個人。」

沒有人在現場，只能從吳炯丞留下的對話去猜測現場狀況。

「最後一句話是……我到警局再跟妳聯絡。」郭岳洋喃喃唸著最後一句話，時間是六天前的午夜十二點半左右，「然後……」

「他就下落不明了。」林瑩眞哽咽著，「我一開始打電話還有通沒人接，後來直接進語音信箱，天亮後我跟他家人聯繫、報警……都沒有他的下落。」

「他不是說在公園站轉乘的嗎？」夏玄允想起關鍵站名，「有去調監視器嗎？」

林瑩眞發著抖點頭，「沒……沒看見他……」

「嗄？」郭岳洋有些錯愕，「等等，他不是衝公園站的末班車？」

林瑩眞再度搖了搖頭，緊抿唇嗚哇一聲便哭了起來。

「就沒看見，末班車的影片都看過了，沒看見那個吳炯丞！」插花小亞幫忙說話，「車站外的人行道有拍到，是末班車到站的前兩分鐘，可是卻完全沒有他進站的身影！這才是失蹤啊，過馬路到進站這段時間，到底發生什麼事？」

發生了什麼事？這還要想嗎！夏玄允瞠大雙眸，「他進站了！只是不是進熟悉的公園站！」

「因爲很趕，當時他只一心一意想衝末班車！」郭岳洋壓抑著狂喜，望著夏玄允，「那班車絕對不是我們熟悉的列車，是通往……如月車站的車！」

「如月車站是哪一站？」林瑩眞低泣著，「警方這樣反問我時，我根本無法回答！炯丞是日文系的，他打出日文給我看，警方說這怎麼可能！我們又不是日本，怎麼可能出現日文！」

「林詩倪，麻煩妳囉！」夏玄允客氣的請林詩倪幫忙，她頷首後，直接調出社團的都市傳說紀錄簿給林瑩眞看。

其實林瑩眞早就有心理準備了，她想問的是：爲什麼會有如月車站在現實生活裡？

「天哪！眞的有如月車站嗎？」大頭首先不可思議，「我以爲那只是個……」

「消失的房間大家也沒想過吧？血腥瑪麗誰知道眞能召喚？還不是都給我們遇上了！」夏玄允可不這麼認爲，身爲都市傳說的狂熱者，他絕對百分之一千相信都市傳說的存在。

興奮的夏玄允，人稱夏天，一個長得像二次元般細皮嫩肉又可愛的萌系男孩，明明大學了卻怎麼看都像高中生，而且還是大眼可愛的那類型，上翹的嘴角與雙酒窩，讓他隨便笑都迷死一票人。

在天眞可愛的萌臉下，有一顆對都市傳說狂熱的心，他從小就愛離奇事件，尤其獨鍾都市傳說，上了大學後親自創立了這個「都市傳說社」，居然還眞的一再的遇到許多都市傳說，每每有驚無險，每每平安。

一旁的郭岳洋連抄寫的手都因興奮而微顫，他是夏玄允的國中同學，一樣是可愛的少年姿態，秀氣又纖細，但也比較理智細心，社團的大小雜事幾乎是他一手包辦，包括紀錄。

偏偏他也是個都市傳說愛好者，在大學與夏玄允重逢，毫不猶豫的立刻爲社團努力。

「如月車站要怎麼進去啊……」夏玄允百思不解，「還得意外搭上列車，好端端的我們能上車？」

「至少一定要是鐵路。」郭岳洋分析著，「因爲當初失蹤的女生有走上鐵軌……所以不是捷運！難道是轉乘嗎？轉乘是個關鍵。」

「不可能，轉乘是關鍵的話，那一堆人早就遇到了。」阿杰立即推翻論點，「上次進入如月車站失蹤的人已經很久了，表示並不是輕易能碰得到的。」

「是時間點的問題？還是車子選人呢？」郭岳洋喃喃說著，看向一邊盯著手機、一邊哭泣的林瑩眞，「車站選人？」

「也有可能是，車站就在那裡，剛好有人撞進去。」夏玄允抱持不同看法，「只是角度或是時間的不同，有人認爲如月車站是平行空間，所以在某個時空重疊之際……砰，就進去了。」

他還伴隨擊掌，效果十足。

一票人沉默的看著他，感覺這角度還要選得剛剛好？

「一種天時地利人合的概念？」大頭相當不安，「正如大家說的，這個都市傳說的起因在十幾年前，爾後都沒聽說，表示車站不是那麼容易進去——所以要出來的話……」

他眼尾瞟向林瑩眞，這個女孩要有同學希望渺茫的心理準備啊！

只見夏玄允抖擻精神，開始展現出一副「怎麼可以這麼灰心」的姿態，他勾起嘴角，「我們都市傳說社當然要想辦法破解啊！快點把人家救出來才對！」

這下子連郭岳洋都面有難色了。

「夏天，那先得想辦法到如月車站才行耶！」他剛剛已經思考過一輪了，這眞的太難了。

首先根本不知道車站在哪裡、不知道該怎麼搭上那班列車！再說了，就算眞的搭上列車，到如月車站後也順利找到失蹤的吳炯丞，然後呢？

請問要怎麼出來？不走山洞，光明正大出站？問題是當初那位女孩連車站都走出去了，她看見的是漆黑一片的荒郊野外啊！

「到……」夏玄允說不太出來，對啊，要怎麼去如月車站？「到公園站，搭上跟吳炯丞同一時刻的車？提前兩分鐘衝進去？」

「我覺得那時候進站的人不少……」阿杰禮貌的說著，因爲不會在某個時刻只有一個人進站的對吧？

「雖然你應該很興奮，但是……」大頭沉穩的說，「要到如月車站，根本不容易……」

砰磅！「都市傳說社」的門陡然被人大力推開，力量大到門板還在牆上反彈衝撞，全社的人被突如其來聲嚇得失聲尖叫，好幾個人甚至都跳了起來！

看見門口站著氣喘吁吁的毛穎德，大家忍不住哎唷！

「毛毛！你嚇死人了！」夏玄允覺得魂都要飛了。

衝進來這位結實高大的毛穎德，跟夏玄允是一起長大的交情，與夏玄允個性是南轅北轍，他是運動健將、非常討厭夏玄允老提那些怪力亂神的事，偏偏……他第六感很準，就是能察覺哪邊不尋常。

但是即使爲總角之交，他也沒對夏玄允提過關於他「靈感很準」這件事，因爲依照夏天的個性，只怕會拉著他到處跑鬼屋試膽，或是請他「翻譯」一下好兄弟的語言……他是傻了才會說。

不幸上同一所大學後，自然被逼著充當「都市傳說社」的幽靈會員，意外認識了馮千靜，接連不斷的事件攪得他生活「刺激無比」。以前他能藉由一種奇特的黑色石頭，斷定哪邊存在都市傳說，而去年聖誕節時，被聖誕老人的巨斧在左肩劃出一道傷口後，一切就不一樣了。

只要有都市傳說的影子，他的傷口就會發疼，即使皮肉傷早就痊癒，但隨著都市傳說的逼近，他左肩甚至會有蝕骨的痛楚，嚴重影響他的行動。這種事瞞不了，夏玄允跟郭岳洋都已經發現了，幸好是上次血腥瑪麗事件才被發現而已，這是不幸中的大幸。

至於這次事件風波中心的馮千靜，當初雖然僞裝邋遢，偏偏被格鬥迷的郭岳洋認出來，半威脅半拜託的跟他們分租一棟家庭式的房間，房東是夏玄允，根本是半買半相送的出租，他們四人生活在一起、也一起面對都市傳說，毛穎德跟馮千靜嘴上說厭惡，但每次還是由他們出手相助。

和平又驚險的日子，維持到一個多月前，馮千靜的眞實身分被挖出爲止。

「門好好開啊！是怎麼了？」阿杰擰起眉，「你臉色好差啊！」

毛穎德緊緊握著手機，打直手臂伸向他們，「……馮千靜……」

咦咦咦！這下換夏玄允跟郭岳洋跳起來了，他們兩個通電話了耶！喔耶，這豈不是太好了！

兩個男孩笑容掩不住，「談得怎麼樣啊？」

「她人在如月車站。」

「那你現在要去見——」夏玄允興奮的話語到一半梗住，笑容凍結在臉上，「你說什麼？」

毛穎德冷靜的，一個字一個字的說著，「她、現在、在如月車站。」

笑容迅速在郭岳洋的臉上褪去，他狠狠倒抽一口氣，忍不住掩嘴，「說……你在說什麼!?這玩笑未免太惡劣了！」

為什麼短時間一直聽見如月車站的名字!?

『誰在跟你們開玩笑！』手機裡傳來馮千靜的擴音，『我現在就在如月車站！』

小靜！

一時間，都市傳說社裡靜得連根針掉落都會有迴音，沒有人說話、沒有人動作，所有人腦子一片空白，剛剛才說如月車站可遇不可求，現在馮千靜已經在裡面了……

「不不！小靜妳去那邊做什麼？」夏玄允臉色變得很難看，「那裡、那裡去不得啊！」

『我願意嗎？說什麼廢話！』馮千靜邊說邊回頭看著，好像有人來了，「我已經出站看過了，這裡根本荒山野嶺，沒有任何馬路也沒有住戶，我連其他站是什麼都不知道，而且列車已經開走了，我沒上車！就這樣！趕快幫我想辦法！」

「想什麼辦法!?」林詩倪都覺得虛脫，「我們連妳在哪裡都不知道啊！」

「知道了也不知道該怎麼去啊！」郭岳洋非常緊張，「小靜，妳從哪一站搭的？情形是怎樣，能詳述一下嗎？」

「那個我等等跟你們說！」毛穎德趕緊阻斷這些重複的問題，「現在重要的是，她要怎麼離開如月車站！」

離開如月車站……夏玄允蒼白著臉色，「沒、沒有聽說有人離開過啊……」

『有信心一點好嗎！過去哪個都市傳說被破解過，我們都能從消失的房間裡出來了！』馮千靜直接站起身子，『我這邊有點麻煩，十分鐘後再聯繫。』

什麼!?毛穎德趕緊拿起手機，「等等，馮千靜，不要切……馮千靜？」

什麼叫有點麻煩，她在如月車站裡也能有麻煩？

「她說得沒錯，我們什麼沒遇過！」毛穎德立刻握住夏玄允的雙肩，「區區如月車站算什麼對吧？你難道不想去看看如月車站長怎麼樣嗎？」

「……想！超想的！」夏玄允回得熱血澎湃，「如月車站根本是每個人夢寐以求的都市傳說吧！」

沒有沒有啊，一屋子學生趕緊搖頭，他們眞的沒有很強烈的意願喔！

「好，專心！」郭岳洋拍上自己兩頰，重新翻開紀錄本全白的頁面，「毛穎德，你先告訴我們，從小靜怎麼搭上那班列車開始。」

冷靜下來，抽絲剝繭，沒有他們破解不了的都市傳說對吧！

對吧？

掛斷的電話那頭，女孩正在計算人數：六個、七個……馮千靜左右張望，看著緩慢從遠方靠近的人影，她從容的揹起背包，打從一下車就感受到敵意的視線，她太瞭解那種眼神了，她可是格鬥者啊，這輩子都生活在擂台上的人！

扣妥背包胸帶跟腰帶，她的右手輕鬆轉著霓彩棍，短棍在手，至少她能抵禦一陣子。

走來的人動作很緩慢，分爲兩邊，一邊是月台上、一邊是站內，她還看見在月台邊有人不小心不穩的摔落，洗手間裡走出女孩，遠方走來的則是男士，每個看起來都有點乾瘦……是老人家嗎？並不像，但步伐卻相當蹣跚。

別讓她打老人家啊……嘖。

「站住！」她指著最逼近她的男人大喊，「再過來我就不客氣了。」

「我得離開……我眞的……」男人沒有停下腳步，依然朝她走來，伸長了手，「拜託妳！」

「我也得離開，你拜託我有什麼用？」她皺眉，說什麼廢話。

「票……給我票……」男人飢渴的逼近，馮千靜才仔細瞧見他的模樣。

瘦骨嶙峋……貨眞價實的骨頭人啊，腿完全看不見肌肉，她連骨盆形狀都瞧得一清二楚，看起來簡直是乾屍！不，有的乾屍還有點肌肉啊！這是個怎麼樣的景象呢？比電影裡常演的那些活屍還糟糕，乾瘦的身體，皮包著骨，所以走路快不了，馮千靜看著那男人，發現肋骨分明的胸膛尚在起伏，他還在呼吸啊！

「我的天哪！你們在這裡多久了？」她立刻旋身，背對著月台，好同時應付自左右兩方走來的人。

「記不得了……讓我、讓我離開！」女人也可憐兮兮的說著，「給我票……我得離開！」

「沒有用的，我剛才用票出去過，能走我就走了。」馮千靜聽見後方傳來的腳步聲，警覺的回身。

他們都像飢荒的人們，淒慘狼狽的伸長手朝著她索取，最可怕的是按照常理，這些人不該是活著的。

她其實搞不太清楚現況，她並不想傷害這些餓殍，但是如果她不反擊的話……等等，如果都快餓死了，他們應該沒有什麼攻擊力吧？

才在這樣評估，最靠近他的男人竟隻手撥開椅子，一眨眼就把椅子打飛出去。

馮千靜瞪大雙眸，那張椅子是釘在地板上的！

他們或許動作慢，但力氣可一點都不小！

這下她不必客氣了！馮千靜立刻拿霓彩棍朝男人乾瘦的下巴擊去，她親耳聽見骨頭裂開的聲響，趁勝追擊的再往他的胸口一擊！

力氣再大，但是身體卻是瘦弱的，男人直接往後倒地，重摔在地。馮千靜即刻回身短棍狠狠的朝女人臉上掃去，同時後腳朝後踢向了來自後方偷襲的不明人士！

彎身蹲低，她甩出短棍，目的是爲了攻擊他們已經脆弱乾瘦的腳，再直接衝向不穩的他們，一個個或撞或踹倒他們，重新拾起短棍，轉身就往閘門那邊衝！

月台那邊渴望的人們已快聚成一堵牆，她欲將短棍刺向他們，卻狠狠的撞上了牆！

「啊！」衝力過大的她摔回閘門這一邊，機靈的滾地兩圈後一躍而起。

馮千靜回身看著爬起來、或是雙腳已斷仍舊爬行的其他人……票！對，他們一直喊著票，所以——她拿出車票，飛快的感應。

嘟——閘門大動作的敞開，在車站這頭的人沒敢跟上前，伸長的手更渴望她剛買的票卡。

「我又不是白痴。」過閘門的她喃喃唸著，很快的往右方躲藏，因爲左邊的月台上的枯骨人還眞不少。

唯有右手邊的月台上下，竟空無一人。

她記得，都市傳說裡那個女人是沿著鐵道往回走的，右邊確實是來時路，也是隧道的方向。

如果在這個車站裡得應付那些骨瘦如柴、卻單手可以拆掉釘在地上椅子的人，走上鐵軌或許是唯一的辦法！

好！她緊握著短棍，直接跳下了軌道，這裡就是她的求生之道了。

邁開腳步往回走，她沒有別的選擇，不能待在如月車站裡，月台也待不得。

如月車站的傳說她記不詳細，但至少她記得傳說裡的女人是沿著鐵軌走回去，至少能回到她上車的站……如果順利的話。

放慢腳步，馮千靜回頭看著月台上那群飢餓人用驚恐的眼神望著她，他們眞的沒有追下來啊！

她感覺往回走好像也不是個太明智的選擇了。

「呼……」調整呼吸，她拿出背包拉鍊上的伸縮手電筒，開燈照向陰暗的前方，還再度撥打了電話。

『喂喂！』社辦裡的毛穎德焦急的接起電話，他多怕剛剛那通電話後，就再也聯繫不到她，『馮千靜？』

「是我。」她確實的往那深黑的隧道前進，「我現在走在鐵軌上，我必須往回走，等等可能收訊會很差，我得穿過隧道。」

『隧道？』毛穎德立刻看向夏玄允，他拼命搖頭。

「小靜，不能進去啊，妳會遇到奇怪的人！」夏玄允緊張的喊著。

『車站裡更多奇怪的人。』她做了幾個深呼吸，『那群人不敢下來，我大概知道隧道裡有什麼，所以我不能講電話，我得專心的走完隧道，這個空檔請你們把如月車站的都市傳說，詳細的轉給我。』

『車站裡還有別人嗎？』郭岳洋聽到了關鍵，『他們也是誤闖的？還是生活在那個空間的人？』

「應該也是誤闖那邊的人，但人不人鬼不鬼的，這個不重要。」馮千靜不想去回憶那些傢伙。

因爲那簡直像是她未來的縮影。

如果她離不開這裡，是不是也會那樣一天天消瘦？像餓死鬼一般，卻無論如何都死不了？

『馮千靜，妳不能找個地方暫時躲起來嗎？如果車站不方便的話……外面呢？』毛穎德簡直心急如焚，『天哪，我如果能過去——』

「你過來沒有用，你應該會痛到打滾我還得照顧你，拜託別來。」馮千靜說得超直接，毛穎德一陣面紅耳赤，「幫我想辦法比較重要，記得統整都市傳說過來。」

『別進去！』毛穎德還在勸阻，『裡面太危險，山洞裡是個黑暗又未知的——』

「面對危險，本來就是我的專長。」手機裡擴音出來的，是極度冷靜的聲音，「出去就打電話給你們。」

馮千靜乾淨俐落的切掉電話，轉成無聲，把手機插在口袋裡。

哇、塞！不管幾百次，林詩倪始終覺得馮千靜帥呆了！

過多的情感依賴會造成懦弱，在父親嚴格訓練下的馮千靜深知這一點，再痛苦再難受，父親都不會過來給她擁抱，因爲如果期待或渴望依賴，只會讓自己變得軟弱。

能成爲女子格鬥冠軍，她走的路比誰都艱辛，她很想念毛穎德，她多希望他在身邊陪伴她！就算夏天很煩，也希望他跟郭岳洋可以在旁出謀劃策，而不是讓她一個人孤身面對未知的狀況！

但是，他們都不在。

闔上雙眼，馮千靜讓自己所有感官能變得敏銳，如果他們遠在原本的世界，無法幫上忙的話，就不能造成她的情感依賴。

她也知道這黑暗的隧道有多危險，但是她還是得去看看……畢竟現在只有她一個人在這如月車站啊！

噠，她踏進了隧道中。

穩健的踏著每一步，在踏出前，她的手電筒一定會照清楚前方每個角落，確定無誤才會再往前。手上的霓彩棍握得死緊，她必須把這個山洞當成擂台，想像著無形的敵人隨時會自四面八方衝過來。

也算遇過太多次都市傳說了，那些沒有源由的都市傳說們，比所謂的阿飄還可怕，但有經驗的她，至少知道要怎麼樣豎起天線應對。

山洞裡只有她的腳步聲，背包上的物品聲在洞裡傳著迴音，遙遠的方向沒有任何列車聲響，隧道並不長，一個右弧彎後，她幾乎就可以看見了另一端的出口。

叩、叩、叩……清楚的聲響驀地在她腦後響起，她立即停下腳步，聽著那聲音，並沒有離她很近，有段距離。

「小姐！」喊叫聲伴著迴音傳來，「小姐妳等等！」

老人家的聲音，雖然中氣十足，但是聽得出嗓音的滄桑，聲音離她蠻遠的，馮千靜謹慎的回頭，看見身後不遠處有個人影正在跳躍。

單腳，對方只有一隻腳，在鐵軌上朝她前進。

「請停下。」馮千靜厲聲回應，「請您不要靠近！」

她邊喊，一邊拿手電筒照向對方——一個老人家維持平衡的站在鐵軌上，只有一隻右腳。

「小姐，走在鐵軌上很危險的！」老伯憂心忡忡的朝她招手，「來，回來！」

她剛才走過來時，這山洞只有她。

「你也站在鐵軌上。」馮千靜看向他，「你也是誤闖如月車站的人嗎？你想做什麼!?」

「我是爲了幫妳啊，在鐵軌上眞的非常危險啊！」老人家焦急喚著，「這個山洞沒有能讓妳閃躲的空間啊，如果列車現在來了——」

在老人家心急的呼喚聲下，他那缺失的左腿斷口急速湧出鮮血，並且開始滴答滴答的往下流，接著老人家痛苦吐出一大口血，下一秒就跌倒在地。

老人家倚靠在山洞那圓弧的牆上，斷腳就橫在鐵軌上，全身是血的老人家在那裡抽搐。

「好危險的……」另一邊突然也傳出了哭聲。

馮千靜手電筒倏忽右移，看見的是一個趴在地上的女孩，披頭散髮的朝著她哭喊，她一雙手扒著地面，使勁的以手代腳，一寸一寸的朝她這邊爬來。

「回去……快點回去……」

馮千靜高舉著手電筒，看清楚女孩胸部以下的殘缺，她拖著殘餘的肋骨與一部分的肺在地上爬行，她剛剛所待的鐵軌上還遺落著她另外兩段的殘軀，她應該是橫在鐵軌道上，胸部以上落在外頭、腰部以下在對面的山道壁，中間這段則遺落在鐵軌上。

隧道的軌道只有兩條，是往返的兩條線嗎？萬一車子會車……鐵道中間僅有一人寬的大小，就算速度不快，就算站在兩條軌道中間，地方太小，也很容易被捲進去。

所以老人家說，這裡沒有躲藏的地方。

重新再往老人家方向照去，她已經沒看見什麼老人家了，她看見的是滿鐵軌的斷肢殘臂，還有兩點鐘方向那個仍在吃力朝她爬來的女人，她的手在土上扒著，發出沙沙的聲音。

山洞的牆上盡是飛濺的血跡，往上看去連天花板都是，牆上的殘跡都是大片聚集，大概是因爲剛碾過身體時的血跡噴散，其他比較零星，但都已經是氧化後的深褐色了。

馮千靜緊皺著眉，壓力無形襲來，因爲燈光照射之處，無處不是血痕，還有殘缺的身子，有的頭顱在軌道上滾動、有的則被來回碾得不成人形，這上面都是誤入如月車站，想要逃離的人嗎？

老伯說得對，如果站在鐵軌上這麼危險的話，她要快點離開這裡——啪！腳上一陣冰冷，她嚇得回身往下望，不是那個依然朝她爬來的女人，而是就在她腳邊有隻斷手，握住了她的腳踝。

只有手臂以下，那被碾過的裂口看上去慘不忍睹，那是男人的手，身體散在一旁，馮千靜往洞口看去，天哪！這鐵軌簡直可以說是用屍塊鋪成的吧！

「放……放手！」她抬腳，試圖抽離卻沒成功，那隻手握得死緊，「放開我！」

就在掙扎的時候，後頭的女人順利抵達，用那殘缺的上半身環住她的雙腳，緊緊圈著小腿。

「讓我離開！讓我離開！」女人哭喊著，「我不想再待在這裡了！」

「妳已經死了……都變成這樣回去也沒有用啊！」馮千靜整個人不支的往牆壁扶去，她沒辦法站了！

「至少有屍體啊！至少我能安息啊……我們被困在這裡，就算變成這樣也離不開這個車站——我不要！」女人哭喊著，「我只是想要去看電影而已，我只是上了車而已，爲什麼——」

馮千靜強忍難受的心情，她可以聽出這種哭嚎中的悲淒，能夠瞭解這裡所有人的心情！不管是在車站裡挨餓的人、或是只是想要逃走卻被列車碾過的人們，大家都只是想離開！

因爲她現在就是——滿腦子想的都是爲什麼？她明明進入的是地鐵站，爲什麼會搭上那班車？是怎麼來到如月車站的？現在，又該怎麼出去？

就算死，也希望在自己的世界嗎？馮千靜明白，但不想被他們絆住，她現在根本都自身……

鐵軌在震動。

馮千靜詫異的豎耳，聽見的是遠處那列車的聲音，前後兩方都有，正由遠而近！

會車？

她倏地蹲下身子，無視於制住她行動的斷手們，直接將手背貼上鐵軌，該死的兩邊都有列車來了嗎？

這個山洞，沒有能躲藏的空間啊！

「小姐！走在鐵軌上很危險喔！」老人家的聲音再度傳來，但這次伴隨著笑意，「哈哈哈……呵喝……真的很危險喔！」

馮千靜掄起霓彩棍，即刻狠狠往女人的頭上揮去，意外的是仍然有血珠濺出，而且她也痛得慘叫。

「呀——」她尖叫著，卻死不放手。

「別惹我！」馮千靜大喝著，拿短棍對準了女人的手指骨……不要怨她，她不想在這個鐵軌上分屍！

她要離開如月車站，一定可以離開的！夏天、郭岳洋……毛穎德會來救她的！

有技巧的敲斷女人的手指骨，在假設她沒有痛覺的前提下，骨頭斷了就不會再有力氣圈住她，但很遺憾的散落在鐵軌上的女人仍然痛得慘叫，在第五下前鬆開了手。

那屬於男人的斷肢，馮千靜直接拿尖端朝肌腱擊去，逼得對方即刻鬆手，接著她沒有時間再一步步照耀前方前進，而是拔腿狂奔！

列車越來越近了！她不管踩過什麼，不看不聽也不在乎，她只能往前跑，至少要在兩台列車交會前跑出洞口！

後面的列車彷彿追趕著，而往前奔的她終於看見前方列車的身影，沒有一台列車高鳴喇叭，地鐵雖不像捷運這麼快速，但速度依然不慢，現在看見車頭，再眨眼就已經近在咫尺了！

馮千靜衝出隧道，兩旁均是往上的土坡，眼看著陌生的列車就在眼前——她閃身跳過了護欄，抓住土坡上的小樹，努力的往上爬去！

無論如何，都得離鐵道越遠越好！

第四章
隧道外的陌生人

唰——驚人的速度與風速，掃得她右腳腳滑往下，她整個人蹲下身子，將霓彩棍垂直用力往土裡插入，止住了往下滑的頹勢。

有列車從隧道出來，也有剛進入隧道的，幸好她已及時離開隧道。護欄距離鐵軌有段距離，但是這是斜坡，她不能保證自己會不會一路滑進了列車底下，她不能冒這個險。

列車比一般的車子要長，她重新穩住重心趕緊站起，拉著上方的樹再往上走了好幾步，直到可以看見整輛列車爲止。

那該減速的列車聲音嘈雜，叩隆叩隆，車頂上卻滿布著抓著車頂的乾枯人們。

馮千靜不可思議的看著列車上趴著的人，她從不知道，車頂上還能待人？個個都是薄皮裹著骨頭，有人還轉過頭來吃驚的看著她。

最後一節車廂進入了隧道裡，她聽見刺耳的煞車聲——軋！

沒有任何的鬆懈，她緊握著樹幹，第一時間先觀察自己在哪裡，她在都市傳說的範圍中，天曉得如月車站這附近有些什麼!?

這裡的天空雲層很厚，有些昏暗，看起來是時近黃昏的模樣。

放眼望去，依然是高山、田野與草原，荒僻得想找個過路人都——叭叭！

喇叭聲在下方響起，馮千靜瞪圓了雙眼，簡直不敢相信親耳聽見！在她看不見的地方像是上山的路，她竟聽見引擎聲，還有急促的喇叭聲響！

叭叭叭！她依然在上方動也不動，伸長頸子勉強看見樹叢後的淺藍色車頭。

「有人在那邊嗎？」呼喚聲在關車門聲後傳來。

馮千靜還在等，她在等待如月車站的列車離去，跟列車同在一個軌道上，她很難心安。

腳步聲緊接著傳來，有個人影半跳半走的踩著鐵軌前來，男人穿著簡單的防風外套，用驚愕的眼神看著卡在坡上樹間的她。

「小姐！」他誇張的喊著，「妳在那邊做什麼啊？」

「鐵軌很危險的。」她喊著。

「啊？」男人望進隧道裡，「這方向下班車是十一點了！現在最安全了！」

他知道班次時間!?馮千靜略鬆的手重新緊握，「我等車子走了再下來。」

「什麼……妳為什麼會在那裡？」男人直接走了過來，站在護欄外看著她，朝她伸出手，「我幫妳！」

「不必。」她搖搖頭，望著這個一臉擔憂、清瘦帶著風霜的男人。

三十歲以上吧，可能近四十，皮膚曬得很黑，看起來是長期在烈日下工作的

人，身上的防風外套上有不少灰土，牛仔褲也被磨得很慘，人相當瘦，但至少是個人。

車子、男人、親切的人。

她隱約記得，這也是如月車站的元素之一。

馮千靜堅持等到列車離開，她已然穩住身子，便檢視自己口袋裡的手機是否還在，LINE傳了一大串過來，郭岳洋非常貼心的使用檔案模式，才好永久保存。

「好了，列車走了！可以下來了吧？」男人搖著頭，「那樣很危險的！」

馮千靜望著他，將手機收妥後，不接受對方攙扶，自己輕鬆的跳到鐵軌邊。

「我不想在鐵軌上多待一秒……」她說著，逕自加速往前走。

「噢……我就說下一班車還要很久啊！妳為什麼會卡在那裡啊？」男人急忙追過來，「妳跳車嗎？」

馮千靜沒回應，她只顧著往前走，終於看到了男人的車子，斜斜的停在有坡度的馬路上。她很快的走到了柏油路上，車子的方向是要上山，離鐵軌已經夠遠了。

「我從車站走過來的。」她終於露出淺笑，「你知道嗎？那個車站？」

「啊，如月啊！」男人一臉理所當然，「妳坐過站了嗎？」

「所以眞的有如月車站？」馮千靜努力保持平靜。

男人錯愕，接著笑了起來，「當然啊，妳不是才在那邊下車嗎？」

是啊……她才在那邊下車。

「那您知道下一班回去的列車是什麼時候嗎？」嘴上這麼問，但馮千靜並沒有想再上車的意願。

「啊……沒有了，回去的列車一天只有一班，就剛剛過去那班！我們這裡很荒僻，車次不多。」男人看著她，「不過我有車，要不妳到警局去，讓警察幫妳會比較快。」

「這裡有警局？」馮千靜更錯愕了。

「有啊，唉，就算是在山裡，鎮上小歸小，我們還是個鎮啊！」男人大方的敲敲車頂，「再不然妳搭客運也比較快，我們這火車班次太少了，我連搭都沒搭過呢！」

這個人就像正常人一般親和自然，但是馮千靜卻說不上的不對勁……因爲他知道如月車站啊，說得像這個車站本來就該存在似的。

啊啊，夏天說過，這有可能是平行空間對吧？所以在這個空間中，如月車站本是存在的事實倒也合理。

前不著村後不著店，她現在也的確只有這個人可以求助。

「警局很遠嗎？」

「至少得回到我們鎮上，要四十分到一小時喔！」男人說得煞有其事，「中途妳可能還得等我一下，我得買晚餐回家，我女兒說晚上想吃叉燒飯。」

「噢。」還有家庭，是眞的嗎？

「放心好了！不然妳一個人在這裡也不是辦法吧！」男人拉開了車門，「我就送妳到警局吧！」

她沒有人可以求救了！馮千靜就算心中有一百萬個疑問，她也不想在這個地方過夜。

「謝謝。」她劃上微笑，「眞的麻煩您了。」

「不會啦！」男人逕自打開車門坐了進去，馮千靜則往後座裡去。

她原本就會想藉口避開坐在副駕駛座，但是男人的工具包就擱在副駕駛座上，省得她想理由。

脫下背包往車後扔，她也挪了進去。

第一件事，她降下了車窗。

「這裡雖然荒涼，但空氣眞好。」她放軟聲音，「不介意我開窗吧？」

「不會！就是要吹風才涼爽啊！」男人自己的窗戶也是全降下的，左手就跨在車窗上，一派輕鬆，「不好意思啊，車內有點髒！我工作都亂丟東西……」

「不會啦，您肯載我一程我就很感動了。」馮千靜抽出口袋裡的手機，是該跟毛穎德他們好好聯繫了。

他應該會擔心她吧？對吧！

「別這麼說！我也是遠遠的看見有人從山洞裡衝出來還嚇一跳呢！」男人發動車子，往上開去。

「對了，這裡是哪裡呢？」馮千靜邊問，一邊漫不經心的點開手機。

前面自然是一大串訊息，還有什麼吳炯丞？之前有人也來到了如月車站？她飛快的瀏覽著，有意無意的瞄了男人一眼。

「這裡是，比奈鎮。」男人輕鬆的回答著。

視線回到手機上，毛穎德最後一句留言映入眼簾，後面加了十個驚嘆號的警告語——『離開山洞後如果遇到親切的男人，千萬不要上他的車！！！！！！！！！！』

叮，LINE終於傳來聲音，毛穎德一顆心都快揪結了。

「終於！」他拿起手機，多怕剛剛的斷訊是最後一次，「她說她……離開隧道了！」

「什麼！」郭岳洋忍不住大喊出聲，「她離開了！她有沒有看我們傳給她的都市傳說啊？」

毛穎德焦急的打了電話過去，又是直接斷線接不通的情況。

坐在後座的馮千靜瞄著手機，毛穎德請她打電話過去，她冷不防瞥向男人一眼，也留意到他從後照鏡偷瞄她。

「大哥怎麼稱呼？」她趕緊堆起微笑，佯裝不知道他在偷瞄。

「我姓江。」大哥說得自然，「妳呢？」

「江大哥，我叫小靜。」

「姓什麼啊？」江大哥好奇的再問。

馮千靜微微一笑，「我叫張小靜。」無緣無故她才不要報全名呢。

「小靜，小靜，好可愛的名字。」江大哥頻頻點頭，「妳一直在發LINE

喔？」

「嗯啊，我坐錯站了，同學很擔心呢！我在跟他們報平安。」她燦爛一笑，「也提起幸好遇到江大哥您呢！」

瞬間，江大哥的臉色變得相當僵硬，「說……也說我了啊！」

「當然，遇到大好人呢！」馮千靜微笑不止，留意著江大哥尷尬的笑容。

她低首，繼續輸入訊息，她照實說了遭遇，簡短有力的告訴他們，她上某個男人的車！

『下車！叫她下車！』夏玄允緊張的大喊，『上了車後……』

『司機發現了我好像在跟你們對話，漸漸的也就不再說話了，山路越開越偏僻……』馮千靜在心裡默唸著郭岳洋傳來的如月車站傳說，正如同現在的江大哥，知道她在跟朋友聯繫後，臉色也變了。

「我剛隱約的有聽見鼓聲，但現在怎麼都沒看見？」她坐直身子，左顧右盼，「啊……天色暗得好快呢！」

一邊說，她一邊悄悄撥打了電話。

設置靜音，不讓毛穎德他們的聲音傳出來，可他們卻能聽得見她這邊的聲音。

「鼓聲……最近我們在準備廟會活動吧。」江大哥的聲音變得很沉。

聽見了！聚集在「都市傳說社」社辦的成員們，都聽見了江大哥的聲音。

『眞的聽得見耶……』大頭有些吃驚。

『馮千靜，妳聽得見嗎？馮千靜？下車！那輛車不能坐！』毛穎德緊張的喊著，『妳該知道傳說……』

「可是您不是說……」馮千靜默默的再度把背包的繩扣扣緊，「鎭上離如月車站有近一小時的車程嗎？」

「嗯。」

「在鎭上的廟會活動，爲什麼我在隧道裡聽得見呢？」

夏玄允倒抽一口氣，『小静妳在做什麼？妳是在激怒他啊！下車就好——』

唰！中控鎖突然扣上，眨眼間四道車門都上鎖，那聲音被收音收得清楚，郭岳洋忍不住嚇軟了腳。

江大哥不再說話了，他冰冷的直視前方，縮起左手，開始調整車窗，口中喃喃自語。

「我不想跟你爲敵，我們可以相安無事的。」馮千靜也收起笑容，右手的短棍隱藏著，蓄勢待發，「我不知道你的車子載過多少人，但不是每個人只會在後面尖叫。」

『馮千靜！』毛穎德聽出來了，『她是故意靜音聽不到我們的嗎……那個親切男子變臉了！』

江大哥不動聲色的繼續駕駛，天色急速變暗，經過路旁的木牌，上面清楚寫著「比奈鎮」的方向。

手邊車窗開始上升了，馮千靜立刻舉起霓彩棍一卡，卡住了車窗。

江大哥向右回首，帶著忿怒的表情。

「妳坐好！馬上就到了！」

「停車。」馮千靜看著他氣呼呼的拼命壓著窗戶關閉鈕，好像想把她的霓彩棍夾斷似的。

江大哥沒聽見，取而代之的是踩滿油門。

馮千靜左手拿起手機放在外套口袋裡，立刻移動到前座兩張椅子的中間，雙手一撐就半站起身！

棍子換到左手，繞過駕駛座後方，先往江大哥的左手敲去，制止他再試圖關車窗，趁著他痛得縮手閃神，她一腳就跨到前座去了！

「啊啊啊——」江大哥轉過來，忿怒咆哮！

「就你這身體也想攔我？」馮千靜右手抓住方向盤，用左手握著霓彩棍，朝江大哥額上就敲去，一記、再一記、再一記！

「住手——妳是哪裡來的？」江大哥咆哮著，他的右手驀地也抵住了馮千靜的手肘。

「唔——」巨大的力量立刻箝著她不能動彈，江大哥加重力量，想將她的手骨折斷似的。

但是，他也因此鬆開了右手原本在方向盤的位子！

馮千靜抽空往前偷瞄，轉動方向盤，在山路搞這種纏鬥，她也算是自殺式攻擊了吧！

「啊！妳幹什麼！」江大哥異常緊張用發疼的左手重新掌握方向盤，馮千靜即刻拿短棍朝他鼻粱使勁敲下去！「啊啊——啊！」

他痛得雙手掩臉，鼻血噴出，馮千靜下一秒探身越過他，猛然打開車門。

「你們這些傢伙，不要以爲進車站的都會任你們擺佈！」馮千靜趕緊穩住方向盤，順便當作支點，縮腳就朝江大哥一踹——

「哇啊啊——」江大哥整個人被踢飛了出去，但是卻眼明手快的緊抓住車門，還有馮千靜的外套。

車子在昏暗的小路中歪歪扭扭，馮千靜左側衣服外套又被江大哥拽著不放，她的人移到駕駛座上，但是重量全掛在左側，江大哥的身體在路上磨著，在石子上撞擊破損，血肉模糊。

「放手！」馮千靜驚叫著。

「妳想去哪裡……妳必須去鎮上，妳哪裡都去不得！」江大哥怒吼著，力氣甚大的他，準備把手從緊抓著的車門，移動到她的左手上頭，試圖再回到車裡。

他雖是清瘦，但氣力也不差，馮千靜眼尾瞄著……她不能冒險。

「就算要去鎮上也要我自己決定！你們到底是什麼!?」馮千靜努力的與拉力對抗，「我不會待在這裡的，我要離開！」

「誰也不可能離開如月車站！」江大哥放聲大吼，左手倏地鬆開車門，直接朝她的左臂抓了過來。

『哇啊呀——』

女孩的尖叫聲從手機裡傳出，響徹雲霄，與男人的叫聲重疊著，風聲咻咻驚人，一切是如此混亂，雜音遍布，然後在某個瞬間，手機斷了訊。

一切變得無聲無息。

「……」毛穎德呆蹲在茶几邊，「馮千靜？」

「小靜？小靜不要再用靜音了！」夏玄允放在下巴的手開始發抖，「拜託，小靜，出聲啊！」

「不急，馮千靜她、她剛剛穿過隧道時也是這樣，等她處理好之後……」林詩倪說著連她自己都不安的話，「她會再回傳的……」

林瑩眞都快暈過去了，「炯丞、吳炯丞也曾經遇過那個人嗎？那個親切的……天哪！」

「好可怕，如果是我，我……我說不定也會上那輛車！」小亞全身發抖，「剛剛是怎麼回事？那些叫聲好可怕！」

「不要吵！」毛穎德驀地大吼，「我會聽不到電話聲的……會聽不見……」

汗水已經浸濕了他的衣裳，毛穎德不知道自己臉色有多慘白，郭岳洋低著頭緊握著筆，大家明明聽到了對吧……手機斷訊前，隱約聽見的是碰撞聲。

叩——叩——叩——啪。

在那個他們不知道在哪裡的如月車站附近，發生了什麼事。

「她不是女子格鬥冠軍嗎？」阿杰理智的說，「她既然敢反抗，應該有勝算吧？」

連夏玄允都皺眉抬首，那是都市傳說啊，誰的勝算大呢？

「我聽見風聲……」大頭困惑至極，「他們難道打開車門嗎？」

「我叫你們都不要吵！」毛穎德逼近崩潰的怒吼，抄起手機就往外衝了出去！

所有人都嚇了一跳，就近的大頭急著想追，卻被夏玄允攔阻下來。

現在不是時候……應該要讓毛毛一個人。

冷靜……讓他等待著小靜重新再打電話來，或是傳訊息過來。

「都市傳說社」裡的氣氛降到了冰點，夏玄允頹然的坐在沙發，這才發現連他自己都汗濕了衣服。

郭岳洋的筆緊緊握著卻在發抖，夏玄允只能按住他的肩，大家應該……要對小靜有信心。

即使他們都知道車門開了，知道她在尖叫，知道她似乎很痛，也知道手機似乎摔下一個具有迴音的地方。

但，還是要對小靜有信心。

夏玄允趨前，看著郭岳洋因爲緊張而用力過度，紀錄本上的字跡簡直像是刻上去的：

「要去如月車站。」

不去那邊，就幫不了馮千靜啊！

「想喝點什麼嗎？」夏玄允擠出笑容，「我們等著吧，小靜很快就會有消息的！」

所有人面帶愁容的看著他，只有郭岳洋終於鬆開了筆。

「是啊，她可是小靜呢！我幫你！」

大家滿懷著信心等待，但直到那天午夜，毛穎德的手機再也沒有任何馮千靜的訊息或是電話。

再也沒有。

當天晚上，他們在住家樓下遇到了馮爸爸，馮爸爸早認識毛穎德，焦急的問他馮千靜是不是跟他在一起？

她的確是失蹤了，保鑣跟丟後提前到練習場的那站外等待，始終沒有等到人，直到晚上，馮爸爸親自找上毛穎德，他隱約知道馮千靜跟毛穎德的關係，因為千靜以前從未帶人到練習場去練習，卻帶了毛穎德去好幾次。

毛穎德聽見馮千靜名字就覺得難以呼吸，所以由夏玄允領著馮爸爸跟熟悉的警官章叔進門，在餐桌上，他們一五一十的說了令人無法置信的話語。

不知道是他們太誠懇，還是郭岳洋邊說邊忍不住掉淚，或是毛穎德一進家裡就甩門進房，也可能是章警官不得不跟馮爸爸解釋最近發生的事情……連警方都無法解釋馮千靜遇到的所有事情，而且夏玄允解釋曾發生的事也沒有說謊。

更別說，下午馮千靜眞的有打電話給章警官，用LINE發了定位，說她在如月車站，但他根本找不到那個地址。

馮爸爸沒有斥責荒唐，而是問著朋友章警官現在該怎麼辦？如果那個如月車站爲眞，那他們要去哪裡找如月車站？

章警官搖搖頭，他眞的找不到如月車站在哪裡啊！馮千靜發的定位點，根本不存在在地圖上。

能做的他們還是會做，協尋、動員、壓下新聞，夏玄允也表示他們正在努力想法子進入那個如月車站，希望能把小靜帶回來。馮爸爸希望知道她到車站後發生了什麼事，郭岳洋去跟毛穎德借了手機，交給他聽了一遍。

馮爸爸聽完後，只是默默起身，聲音非常平靜，希望有任何消息請一定要通知他；夏玄允給了保證，隨時聯繫，以章警官爲窗口。

這晚，毛穎德深刻的感受到什麼叫度日如年……望著手機卻無法入睡，卻再也等不到馮千靜再多的訊息。他試著傳了好多訊息、試著打電話，也沒有得到任何的回音。

所有訊息都顯示未讀，打電話直接進入的是語音信箱。

他徹夜未眠，等不到回應、失去所有消息，把如月車站的都市傳說讀了一遍又一遍，當年那個女孩的最後一句話是：

她上了親切男人的車子後，就再也沒有回來了。

馮千靜也上了某個人的車子、她也察覺不對勁，然後她反抗了、她……天哪！毛穎德坐在門旁，痛苦的回想著他最後跟馮千靜說的話是什麼？他給了她什麼表情？

他們之間的事誰也沒說清楚，沒有時間……不，他們不是沒有時間，是逃避；馮千靜逃避了他、他們三個，而他為她那句幼稚的話賭氣，他們的確是在一起的，但為什麼她可以否認得這麼乾脆？

他就是嚥不下這口氣，一點也不想主動聯繫，可偏偏她也是，取消了手機號碼、再也沒有回來、去學校上課也都不曾來找他們、身邊永遠跟著兩個保鑣，夏天試圖去找過她，據說她就是淡淡的問好，沒說兩句就被保鑣隔開了。

他對她那樣的態度惱火，賭氣下誰都不想跨出那一步，最後……誰也沒想過，可能再也沒有說話的機會。

「馮千靜……」他痛苦的抱著頭，「妳究竟怎麼了？」

他們沒有在她身邊，不知道發生什麼事，郭岳洋說得對，他們要進去、他們必須進去！要在如月車站才能找得到她啊！他應該要在她身邊的……啊！

下意識往自己的左肩按去，她說了，如果他進去只會成爲累贅，因爲如果進入那個車站，等於完全置身在都市傳說中，他的手臂只怕會讓他痛到休克爲止。

爲什麼要有這個弱點，聖誕老人給的禮物眞的太爛，如此一來就算眞的進入如月車站，非但幫不上忙，他還會變成拖累大家的人，比夏天他們還沒用！

他必須想辦法解決這個問題。

毛穎德看向床底下的箱子，他的確已經做好準備，只是……非到必要不要輕易使用。

結果這麼快就到了「必要」之際。

焦急的看著天色，他在等待天亮，等待第一班車發車開始，他要找到進入如月車站的方法……不管都市傳說多懸詭，總是有辦法可以遇到它們的不是嗎！

他都碰到十一個都市傳說了，吳炯丞也進去了，沒多久連馮千靜都能遇上，他一定可以找到方法！

吳炯丞在公園站轉乘，馮千靜在酒廠站，這兩個站或許有什麼共同點，才會讓他們坐上列車……毛穎德仔細研究過路線圖，兩個站甚至毫無交集。

伏在膝上的他緊握著拳，其實他們可能有辦法可以進入如月車站……很簡單很直接，而且希望很大……即使不能百分之百保證，但至少比盲目亂找來得快。

但，那不是他能決定的，他不能讓他人去犧牲。

既然他在意，那就由他自己來！

他絕對不會放馮千靜一個人在那個鬼車站！

拿出背包準備物品，拖出床底下的盒子，打開後將裡面的東西全部塞進背包裡，水、乾糧、手電筒、短刀……他幾乎當逃生設備來裝載，外套一抓，人就往外衝了出去。

「去哪裡？」

誰知道一拉開房門，就看見坐在餐桌上的夏玄允，正面對他微笑。

咦？毛穎德有點錯愕，看著郭岳洋端著咖啡從廚房裡走出來，「吃早餐囉！」

他有些遲疑，餐桌上已經放著簡單的吐司夾起司火腿，還有兩顆煎得有點焦黑的蛋。其他空著的椅子上，放著另外兩個看起來也滿載的背包。

「這是……」他從肩上卸下背包，放在也空著的椅子上。

「吃飽一點才好行動吧！」夏玄允笑得一臉無邪，「蛋是我煎的，沒有很漂亮，但至少可以吃啦！」

「你們這是……」他嚴肅的皺著眉，看著桌上那的確能吃、只是有點糟糕的深黑色三明治。

「我們會不知道你的想法嗎？小靜失去了聯繫，你一個晚上都在等電話吧？」郭岳洋掛著苦笑，「我們也是啊，睡不著的不是只有你！」

毛穎德用力的做了個深呼吸，「她沒有再回應。」

「當然囉，有的話你早就衝出來大喊了不是嗎！」連夏玄允的笑容都有點勉強，「所以怎麼想，唯一的辦法只有一個——」

郭岳洋端起牛奶，喝了一大口，「我們得進入如月車站。」

毛穎德再度嘆口氣，抓起吐司大口的咬下，折磨了一整晚的確也餓了，更別說他前一晚根本沒吃。

「我已經做好完全準備了！」夏玄允塞著滿嘴的麵包，說得自信滿滿，「我們吃飽就出發吧！」

「什麼準備？」毛穎德瞥了他們的背包，伸手拎了一下，「這麼輕……帶了什麼？」

「該帶的都帶了啊！」郭岳洋認眞的準備要開始細數，立刻被毛穎德打斷。

「進去如月車站的還沒人出來過，再多的準備也無法百分百。」毛穎德囫圇吞棗的吃著早餐，「更別說連怎麼進去都沒人知道，我自己先去試吧！」

夏玄允勾著詭異的笑容瞅著毛穎德看，郭岳洋則只是淺笑，起身收拾大家吃完的杯盤。

毛穎德邊嚼著吐司邊皺眉，迎視著夏玄允的注視，「你笑得讓我有點毛骨悚然。」

「你明知道我們可以試著進去的。」他挑了挑眉，「爲什麼不開口？」

毛穎德避開了他的眼神，「有什麼好說的！」

「爲什麼要跟我客氣？」夏玄允笑容堆得更滿了，「你明知道只要——」

「這太冒險了！或許找你有機會，但是我們都知道如月車站多麼的未知、多麼的可怕！」

「那就更該試試看啊！」夏玄允的語調興奮極了，「你應該知道，這是多棒的都市傳說，我做夢都會夢想能站在那個月台、坐上那班列車——」

「夏玄允！就是這樣我才會害怕！」毛穎德下一秒就低吼出聲了，「你們都該察覺得出我們身上的不正常！」

郭岳洋趕緊關上水龍頭探頭而出，氣氛怎麼突然變得這麼緊繃？夏天說要給毛穎德Surprise的啊！

「不正常？你是指我的鑰匙圈跟你的左肩嗎？」夏玄允邊說，邊把自己的鑰匙圈拿出來擱在桌上，「聖誕老人送我們的禮物！」

「你能在消失的房間裡，把被房間帶走的人帶回來、可以把血腥瑪麗趕回去，這太詭異了！爲什麼你可以抗拒都市傳說？」毛穎德起了身，「你有沒有思考過你好像跟都市傳說牽扯越來越深了？」

「當然有啊！」夏玄允依然是那派輕鬆喜悅，「所以我超興奮的啊！」

「這不是值得高興的事，夏天！」毛穎德就是覺得夏玄允這個性令人頭痛，「不管都市傳說是什麼，它總是個未知且不該亂觸碰的東西，我們可能只是或許是幸運，但不代表每次能夠戰勝！」

「我又沒說想戰勝，我就是喜歡都市傳說，我想接觸它們、我想瞭解它們，我甚至希望可以身在其中啊！」夏玄允毫不遮掩他的狂熱，「現在難得有機會可以碰觸到如月車站，我怎麼可能放棄！」

「夏天！」

「好啦，你們別吵了！」郭岳洋邊擦著手步出，「毛穎德，你跟夏天一起長大的，不會不知道他的個性，今天就算不是小靜出事，他也會想方設法進去如月車站的不是嗎？」

毛穎德緊擰著眉，這就是他最害怕的事。

「既然都要進去，就不必拐彎講這麼多了。」夏玄允聳著肩，「我剛說了，我已經做好萬全的準備了！」

「萬全個頭……」毛穎德睨笑他，「啊不就帶著那鑰匙圈？」

「欸，這可是我的寶貝耶！」夏玄允趕緊拿起鑰匙圈，他的鑰匙圈是繁複的，上頭有許多「都市傳說」的元素：「一個人的捉迷藏」中被燒毀的娃娃殘骸鞋子、「消失的房間」裡毛穎德住過的101號房鑰匙圈，以及最重要的：「聖誕老人」送他的聖誕樹造型鑰匙圈，所有的變化都是從上個耶誕夜後開始，好孩子會收到聖誕老人的禮物，或許聖誕老人知道夏玄允有多狂愛都市傳說，所以給了他一個能跟都市傳說接觸的玩意兒。

但是，卻給了毛穎德一個遇上都市傳說就會劇痛的左肩。

「現在問題比較大的是你吧！」郭岳洋一臉擔憂，「既然接觸都市傳說你就左肩會劇痛，我們萬一眞的能找到如月車站的話……」

「對啊，身在都市傳說裡，你會痛死吧！」夏玄允居然揹起了背包，「所以最該留在這裡的人根本是你好嗎！」

毛穎德聞言，二話不說抓起背包，連揹都沒揹就往大門走去，以行動代表一切答案。

想叫他在這裡等待，做夢都別想，昨天那種折磨受一次就夠了！

夏玄允得意的看向郭岳洋，愉快的往門口追去，郭岳洋也拎起自己的背包，看著前面兩個朋友的背影，他不想否認心中的擔憂與恐懼，但是……他們必須去找小靜。

然後，如果能帶一張如月車站的車票回來就太讚了！

第五章 搶救小靜

馮千靜右手緊握方向盤，左手的短棍再奮力的往江大哥的臉上戳去，用盡氣力的搥打著，一邊還得留意前方的路，左手沾滿江大哥的血，但是她沒有辦法，她絕對不能再讓江大哥上車。

所以她連左腳都伸了出去，踹開了意圖奪回駕駛座的男人，自己還差點跟著摔出去。

輪胎碾過了一塊大石頭，車子不穩的震盪，她必須用雙手穩住方向盤，但是左邊的拉力依舊拽著她。

她只能努力的抵抗那股拉力，直到裂帛聲從左下方傳出。

咦？馮千靜反應不及，她只知道拉力瞬間往下移動，她的外套左邊整個被扯開，順著左邊腋下袖圍撕裂，然後江大哥連人帶著她外套的半邊，消失在朦朧的夜色當中。

反作用力讓她往副駕駛座晃了一下。

「哇……哇啊啊——不！不要！」江大哥的慘叫聲傳來，他的身體磨上了地，再一個翻滾，消失無蹤。

馮千靜不敢回頭，因爲前方的路變得狹窄，她只能穩住方向盤，好好的把車子開正，從後照鏡有看見江大哥翻下崖邊的最後身影，然後她屏氣凝神的直到前方較寬口處，將車子朝右停靠。

車子剛停妥時，那扇車門還在那兒晃呀晃的。

馮千靜的手放不開方向盤，她腦裡想著應該要下車去查看，但是她的身體完全不聽使喚，僵硬的手指緊緊箝著方向盤，她很努力的想鬆開，卻一根指頭都抬不起來。

「沒事的……謹慎一點就沒事。」她喃喃自語，努力的告訴自己。

好拼命的才讓左手離開些微距離，但是離開方向盤的手卻開始劇烈顫抖，她緊抿著唇咬緊牙關，用發顫的左手，一根、一根，把自己右手手掌掰開。

完全無法抑制顫抖，但黑夜中刮來的冷風讓她打了個哆嗦。

比賽還沒結束，下一個對手不知道會從哪邊上台……馮千靜！妳不能鬆懈，這是人生的擂台，如果剛剛不小心，現在摔下去的就是妳啊！

深呼吸，再深呼吸，馮千靜調整著呼吸，身體的顫抖她無法壓制就算了，重新握緊短棍，再度拉過背包側邊的手電筒，打亮後向後照去，看見的就是荒山野嶺。

沒有人影，她踢開車門走下車子，這些平時很簡單的舉動，現在卻花了她不少工夫，因爲她有點站不直，一雙腿該死的也在發抖。

呼……呼……心跳得好快，她死捏著手電筒，先左顧右盼，現在林間葉隙看起來格外可怕，但還是仔細的踏出每一步，直到剛剛江大哥掉下去的地方。

風很大，只是微涼，吹動著她破損的外套，地上有著拖行的痕跡與皮肉血痕，她不想深究，只知道往下照去，是伸手不見底的深淵。

不管那江大哥是不是人，在都市傳說裡，她都不能跟誰客氣。

一旦心軟，一個閃神，得到的就是萬劫不復。

前無古人後無來者，她隻身站在荒涼的山路上，天色是深藍色不透光的暗，路燈遠遠的才一盞，不管這是平行空間還是某個深山，至少還是個足踏得到地、也有車子能開的地方。

馮千靜梗著呼吸轉身回到車上，不敢鬆開自己身上的背包，先將車窗全速搖起、車門鎖上、檢查油錶，接著她將引擎熄火。

她可不想在黑夜中，點亮自己製造一個大型目標。

世界變得黑暗靜謐，淚水無聲無息的滑落，她緊咬著唇，任淚水一滴一滴的落在方向盤上。

她不想一個人在這裡！就算在擂台上時，爸爸跟教練也都一直在她身邊！

「……毛穎德，毛穎德……」她往左邊口袋摸去，她要趕快跟他們報平……

手撲了空，顫巍巍的看向自己的左腋窩下，整片被江大哥扯掉了，外套、江大哥、連手機都……

「可惡！」她氣岔的槌向方向盤，她現在連跟毛穎德聯繫的方式都沒了！

「啊啊啊啊啊——」

那是她唯一能跟現實世界聯繫的管道啊！

前額無助的貼上方向盤，馮千靜再也忍不住痛哭失聲，她想夏玄允、想郭岳洋、想毛穎德，這一個月來她一直都是一個人，她厭惡狗仔、討厭媒體、不喜歡保鑣，她只想要回到那個簡單的宿舍裡，就算聽夏天講他多愛都市傳說都好！

毛穎德，他們之間不該是這樣的，他們應該每天都很幸福，一起上學、一起吃飯，還說好了暑假要出去玩。

他爲什麼非是室友不可？代言了產品，爲什麼就不能有自己的戀情？

如果，她一輩子都出不去的話……馮千靜淚眼朦朧的看向前方，她會後悔死的！她要跟夏天他們道歉，她要抱著毛穎德說她眞的喜歡他，她想對著鏡頭說：「他就是我男朋友又怎樣！」

就算他進來是個累贅，她還是想看見他！毛穎德！

馮千靜伏在方向盤上大哭了一場，她好久好久沒這樣哭了，她總是堅強，也很少有事情能激發她的淚腺，直到現下隻身一人孤獨的在這兒，她才發現她一點都不堅強！

不管何時何地，她背後身邊總是有人！

擂台上的奮戰，也是來自家人跟支持者的鼓舞啊！

「夠了！」她猛然抬頭，抹去滿臉淚水，「哭過了就要上場了，馮千靜。」

挪動後照鏡，檢視著自己難得的狼狽，她才不要待在這裡一輩子，她也知道這裡的一輩子不會太好過。

她要離開這個鬼地方、離開如月車站，再搭上那台列車，回到屬於自己的地方。

「我連裂嘴女都能踢走，血腥瑪麗都能趕回去，我就不信我離不開如月車站！」她大喝像在為自己打氣，重新啓動引擎，踩下油門。

她沒有興趣在這荒山野嶺過夜，看著路旁的標示，「比奈鎮」的指示牌仍在，江大哥既然要帶她去那個鎮，那她就去吧，如果有張床可以讓她休息一下，明天……明天起來後，她就可以繼續奮戰了！

三個學生逼近了車站，他們從學校轉乘到地鐵，走一遍吳炯丞跟馮千靜的路線，不過都沒有搭到什麼不對勁的車子。

這樣來來回回，連站務人員都已經狐疑的認出他們，幾度想上前問話。坐車也會累的郭岳洋表示想吃中餐，所以他們只好先到地鐵站外的拉麵店飽餐一頓，吃飽再戰。

「這不對啊，他們都在這兩站轉乘，我們平靜派的也走過，慌亂派的也走去，都沒有看見什麼奇怪的車廂啊！」夏玄允有點煩躁，從不到六點忙到中午，簡直是坐車在玩。

「嗯……」郭岳洋一邊吃麵，一邊盯著自己的紀錄本。

「哎唷，你盯爛了也沒用啊，進不去！」夏玄允淅瀝嘩嚕的吞下一大口拉麵。對，就算有夏天也一樣。

左手邊的毛穎德根本食不下嚥，筷子夾著麵條，像雕像一樣僵住，動也不動。

「叩叩，有人在家嗎？」夏玄允往他的額頭敲下去，「吃飯專心啊，毛毛！」

「嘖！」毛穎德輕嘖一聲，這種情況他怎麼吃得下！「我都不知道她有沒有吃飯……」

其實他心中小小的聲音是：不知道她還活著嗎？

如果活著，會是怎麼樣？過往所有發生在都市傳說裡的經歷全部湧現——在被帶進試衣間的人們會被活活剝皮，成爲那個都市傳說裡的一份子。被拉進縫隙成爲隙間女的人們，骨骼肌肉完全變形，成了薄薄一片如鰻魚般的模樣，再也無法回復。被樓下男人選上的女孩，成爲他的收藏品，在另一個平行空間裡活著，死不了也活不下去，永遠也無法回到原本的世界。

不管是哪個例子，都市傳說之所以是都市傳說，就是因爲它沒有理由沒有成因沒有邏輯可言，連在哪兒、什麼時候會遇到都不知道，而且它像是另一個世界的東西……每一個遇上都市傳說的人，只要成爲都市傳說的一份子，就再也無法回來了。

因爲他們已不屬於這個世界。

他恐懼著，馮千靜失蹤已經快二十四小時了，她已經是如月車站的人了嗎？

「吃吧！不吃沒有體力。」夏玄允用力推了他，「我們還沒有每個方式都試呢。」

「我發現啊，吳炯丞跟小靜似乎上車前，列車就已經不是我們認識的列車了。」郭岳洋一邊嚼著一邊說，「只是他們一開始沒留意，所以會不會列車外形很像？」

「但是內裝不同。」毛穎德是最早收到回覆的，「紫色的椅子，綠色地板。」

「跟吳炯丞說的一樣……小靜給的資訊比較多，但兩者不謀而合。」郭岳洋看著就在對面的車站，「連月台都不一樣不是嗎？照理說，我們一進車站就該知道了。」

所以他一個早上不管轉乘過幾百次，看見的都是熟悉的月台。

一隻手突然橫來，把郭岳洋的本子闔上，「好啦！先吃飯！吃飯專心點，你們想這麼多沒有用！」

「沒有用？」毛穎德不爽的將筷子重重往碗上放。

「不然你提方法啊！」夏玄允眞的理直氣壯，「我們跑了一上午耶！」

毛穎德回答不出來，他知道還有更多的方法沒有嘗試，把輕軌、捷運及地鐵地圖攤開，他們有幾百幾千種方式可以搭乘；例如從A站進入，在每一站試著轉乘……但轉乘後可能又要搭配不同組合的轉乘，才有機會到如月車站。

這根本是幾萬、幾十萬種，只是無頭蒼蠅在亂試。

他吃不下，但是郭岳洋也鼓吹他吃，總不好萬一等等眞的找到了那班車，他卻沒力氣繼續了呢？

食不知味，毛穎德每一口都是用吞的，手機還是擺在手邊，不停的在祈求，祈求馮千靜會傳來訊息，快捎給他一個好消息啊！

好不容易吃完麵，毛穎德急著要再去試驗別的方式時，硬是被夏玄允逮回來，到隔壁買飲料，他一派閒散的彷彿要去郊遊似的，看得毛穎德一肚子火！

「喝完了沒？你出來玩的嗎？」毛穎德簡直不可思議。

「是啊。」夏玄允居然回得直接，「要去我期待的地方，我當然是當郊遊啊！」

唉，郭岳洋拉拉夏玄允，擋在他們之間，「毛毛，我知道你心急，但是很多事急是沒有用的，我們都知道時間寶貴，不能毫無頭緒亂鑽了！」

「那什麼方法才是正確的？到底要怎樣可以找到她？」毛穎德幾乎難以壓抑怒火，「你們也只是在這裡喝飲料而已啊！」

唉，郭岳洋輕輕的笑了起來，那抹笑意簡直要讓毛穎德理智斷線。

「關心則亂。」他轉向夏玄允，「他真的很喜歡小靜耶！」

「小靜也是啊，說不定在那邊一個人哭！喊著毛毛毛毛的名字！」夏玄允非常贊同，「毛毛，我認識你這麼久，從沒見過你失控耶！」

「你很想見嗎？」毛穎德掄起拳頭。

「深呼吸啦！小靜是我們朋友，哪可能放她在那邊受苦！」郭岳洋自然的轉頭，接過最後一杯飲料，「惹，這你的，青草茶給你退火。」

毛穎德認得他們的眼神。

夏玄允正用愉快且自負的眼神瞥了他一眼，郭岳洋也放鬆的拿著飲料轉身，這般的氣定神閒，只有一個原因。

「你們知道要怎麼進去了？」他握著青草茶，跟上前去。

「不能保證，但是可以試試。」郭岳洋勉強的笑著，「我是有一點點害怕啦。」

「有什麼好怕的！你難道不想親眼去看看如月車站嗎？」夏玄允圓睜雙眼，一直跟他最麻吉的洋洋怎麼這樣啦！

「我才不是怕看如月車站！我是……」他嘟起嘴，「怕回不來！」

「哈哈！回不來好像也不錯喔！」夏玄允還有心情開玩笑，「乾脆讓自己變成都市傳說！」

「夏玄允！」毛穎德沒好氣的制止，「馮千靜一點都不希望！」

可愛的男孩只是笑著，至少毛毛不再扳著一張臉就好囉！他轉身立刻就朝地鐵站走去，郭岳洋嚇了一跳，趕緊追上，他以爲至少要把飲料喝完的啊！

「夏天，要試了嗎？」

「當然，小靜可等不了太久對吧！」夏玄允一邊說，一邊踏上了那五階的階梯，來到了進入地鐵的自動門前。

毛穎德不敢離他們太遠，挨著郭岳洋站著，「這裡並不是小靜或是吳炯丞的轉乘站，這裡……」

「我覺得哪一站不是重點。」夏玄允口吻變得很堅定，從口袋裡響出一串清脆。

他拿出他的鑰匙圈，這會兒還把交通卡繫在了上面。

那跟都市傳說高度相關的鑰匙圈他們都認得，但是毛穎德不認爲這有什麼作用！因爲一上午鑰匙圈並沒有離開過夏天身上啊！

「如果那個鑰匙圈有用，是不是我們早就進去了？」毛穎德擰眉，「難道還分放在口袋跟拿在手上嗎？」

夏玄允笑而不答，一挑眉，郭岳洋趕緊就搭上他的肩，「毛穎德！」

死馬當活馬醫，現在只要能進入如月車站，他什麼都得試，對！毛穎德也搭上了夏玄允的肩頭，兩個男孩一左一右的勾著他。

夏玄允緊握著鑰匙圈上的聖誕樹，指頭捏著他的交通卡，從容不迫。

「我想搭上前往如月車站的列車。」

他一字一字清楚的說著，然後握著車票的手在自動門上輕輕一揮，自動門開啓，他爲首的走了進去。

一左一右的男孩自然也只差半步的跟上，在自動門從身後關上時，毛穎德其實還沒感受到什麼。

三個男孩站在門口，看著有點空蕩蕩的車站。

「有哪裡不一樣嗎？」毛穎德問著。

「等車子來才知道吧……」郭岳洋一邊說，一邊看見自動門邊，多了一個玩意兒，「這什麼？」

嵌在門上一個像讀卡機的東西，上面還有感應區。

「要感應的嗎？」夏玄允很好奇，沒見過那個東西。

「地鐵需要這樣喔？」一直以來，他們活動都是在輕軌線。

郭岳洋趕緊拿出自己的交通卡也照樣刷了一下，即使沒什麼反應，還是刷一下保平安的意思；毛穎德也晃了一下，盯著上面的螢幕，根本一片黑，那是壞掉了吧！

「下一班車兩分鐘喔！」跑到前面去看跑馬燈的郭岳洋奔回回報。

「好！」那是該去月台等了，還得下樓咧，毛穎德一轉身，夏玄允不見了，「夏天？夏──」

喊到一半，發現夏玄允跑到售票機那邊，他站在機器前，認眞的在那兒按著螢幕。

「夏天！車子快來了啦！」毛穎德走近他，「快點！你在幹嘛!?」

「再一下下，你先下去啦！」夏玄允回頭揮揮手，「我買個票！」

「買票幹嘛？我們有卡啊……厚！」毛穎德轉向另一邊，看著在閘門口的郭岳洋，他焦急的招著手。

「好了好了！」夏玄允一轉身就往他這邊暴衝，甚至連等都沒等他，直接掠過他朝郭岳洋奔去。

一見他衝過來，郭岳洋立刻往閘門嗶了聲──閘門沒開。

「咦？」他詫異的看著眼前的閘門……「爲什麼，我卡……」

「是？」隔壁的毛穎德也吃了閉門羹，「靠，該不會是剛剛刷了門口那台被鎖卡吧！」

「沒關係，我們有票！」夏玄允立刻一人發一張，「動作快點！車子快來了

我們還要衝下去！」

「還不都你！」毛穎德簡直不敢相信，看著夏玄允順利通過閘門。

沒辦法思考太多，他跟郭岳洋匆匆感應了車票後，電扶梯根本用跳跑的，衝下月台時，列車已經到站了。

「快──」夏玄允站在門口，心急的大喊。

警示音響起，郭岳洋跟毛穎德大跳一步，及時衝進了車廂中。

『嗚嗚嗚嗚，嗚嗚嗚嗚──』

門緩緩關上，郭岳洋上氣不接下氣，覺得腦神經都快死了……「有夠趕的，差一點點就……」

砰！一個人在他與夏玄允之間直接倒地。

「啊──」毛穎德壓著左肩，痛不欲生得蜷縮在地上，臉色已逼近慘白。

「毛毛！」夏玄允趕緊蹲下身子，試著移動毛穎德，但是他痛得全身都在扭動著。

郭岳洋呆站在一旁，瞠目結舌的看著咬牙切齒的毛穎德，再看著緩緩抬頭的夏玄允。

同一時間，他們各自回頭看向了不同的方向。

完全不同擺設的椅子、紫色絨布的座椅、綠色帶白點的難看地板，還有車廂裡稀少且沉睡的人們。

沒有人對毛穎德的跌落、痛苦、低鳴有任何的反應。

「毛毛！」夏玄允與郭岳洋合力把他扶起，至少讓他靠著牆，「我們上對車了。」

至今無法好好的看一眼車廂，他勉強半睜雙眼咬著牙，「確定？」

郭岳洋擔憂的苦笑，「你就是最好的證明啊！」

毛穎德左肩的劇痛，永遠只會在接觸都市傳說時發作啊！

兩站之間異常的漫長，毛穎德緊皺著眉正在閉目養神，蓄積體力。

他大方躺在無人的座椅上，坐在對面的郭岳洋正仔細的收妥黑色盒子裡的小白盒，有些心事重重。

他們現在坐的椅子是面對面的，走道有兩至三人寬；一個車廂兩種配置，車廂頭尾是兩個座位一組，左右各兩組面對同一方向，像傳統火車那樣；中間長段則是兩排長椅面對面。

他們這個車廂，現在只有他們，原本有兩個在休息的乘客因毛穎德的慘叫，冷漠的移動到其他車廂去了。

毛穎德躺在紫色的椅子上休息，他正在等藥效發作，因為剛剛他注射了麻醉藥。

郭岳洋將麻藥放進黑色迷你手提箱裡，蓋妥上鎖，再好整以暇的放入毛穎德的背包中。他萬萬沒想到毛毛居然為都市傳說做這樣的準備！箱子裡面是不知從何得來的麻醉藥。

麻藥能夠控制從骨頭裡發出的痛嗎？都市傳說給予毛穎德的是錐心之痛，骨髓裡的神經發疼，區區麻醉藥能怎麼解決？

右手邊輕快的走回夏玄允，他說要在車廂裡繞繞，順便觀察環境。

「你也太輕揚了！」郭岳洋進來後就不太自在，無形的壓力讓他緊繃。

「我只差沒尖叫了好嗎！洋洋，這班車即將前往如月車站、如月車站耶！」夏玄允一雙眼熠熠有光，他是眞心興奮的，「我心臟都快跳出來了。」

「我也是，但是還是有很多要注意的事啦！」郭岳洋手心有些冒汗，「毛穎德剛打完麻藥，正在休息。你找到什麼嗎？」

「什麼都沒有，車廂人不多，沒有路線圖、沒有下一站站名，連廣告都沒有，乾乾淨淨！」夏玄允雙手一攤，「每個乘客臉色都很難看，全在睡覺，打招呼問話說話完全沒人理我。」

「跟小靜說的一樣。」郭岳洋不安的往黑暗的窗外看去，「該不會車子永遠不會停吧？」

「不會！」夏玄允有些激動，「我可是要到如月車站去的！」

「是是是！」郭岳洋無奈的笑笑，「欸，等等如果眞的到了，我要買紀念票喔！」

「我也要！不知道有沒有那種站務紀念的？年票還是？」夏玄允滿腦子都在盤算，「像輕軌不是就有那種每種節慶的紀念款！」

「到時再問問吧！」

聽對面討論得那麼起勁，闔眼的毛穎德實在不知道該說什麼……如月車站應該是個要戰戰兢兢面對的都市傳說，這兩個居然在討論有沒有紀念票款可以買。

他們現在應該也沒考慮如何找到馮千靜，還有怎麼離開這件事吧？

唉，因爲對如月車站好奇，只怕心生嚮往，等到大難臨頭才能思考逃離的事……他爲什麼會想到不幸的事？廢話，如果這麼好離開的話，吳炯丞爲什麼現在無聲無息？過去那個把如月車站爆出來的女生呢？

再來個最近的，也曾在車站的馮千靜呢？

「減速了。」郭岳洋倏地抬頭，感受到速度減緩，緊接著眼前倏地一亮。

車窗外變得明亮，他們從地底上來平面，窗子兩旁是一望無際的平原……還有山嵐，完全跟馮千靜形容的一樣，荒煙蔓草，舉目所及杳無人煙！

「哇……」郭岳洋跟夏玄允立刻跪坐上椅子，貼著玻璃往窗外看，「某方面來說還挺大自然的啦！」

毛穎德睜眼，也撐起身子往窗外看去，雜草叢生的地方，即使整片綠地但也是荒蕪之處，勉強可以透過比人高的草叢，看向另一端似乎有馬路，而且還是很正常的柏油路。

列車很快，但是不如捷運高速，窗外陽光明媚多雲天氣，如果它不是前往如月車站，還眞是個令人心曠神怡的好地方。

「毛毛，你沒事了嗎？」回頭的夏玄允問著。

毛穎德勾起無奈的笑容，「我的左手沒知覺了。」

「咦？」郭岳洋嚇了一跳，「完全沒有……」

毛穎德肯定的點頭，「換句話說這隻手沒有作用，我接下來只能靠右手了。」

夏玄允有點擔心，因爲毛穎德是體育健將，很多事情眞的得靠苦力啊！他跟郭岳洋都是手無縛雞之力的那種肉咖……

「我是右撇子，不必擔心，況且沒知覺只不過是左手沒用，如果不這樣，我是整個人都是廢物。」拖著他，夏天跟郭岳洋根本寸步難行。

「二十分，這兩站眞的很長。」郭岳洋的手機裡使用碼表，精確紀錄。

「地鐵嘛，火車兩站之間二十分也是常事。」夏玄允倒是不以爲意，「只是我很想知道下一站是什麼。」

「就算是如月車站，只怕馮千靜已經不在那裡。」毛穎德在乎的只有這點，「她上了那個人的車，去了哪裡……」

郭岳洋不知道該怎麼接口，他們都很擔心小靜，可是沒有人知道她現在的狀況，那台車會把她載到哪裡去，斷訊前的爭執與慘叫聲……

「反正我相信小靜。」夏玄允未曾遲疑的抬起頭，「你們忘了她的名言嗎——」眼尾飄向郭岳洋，他瞬間亮了雙眸：「面對危險是我的專長，我絕不逃避，更不輕言認輸！」

這異口同聲中氣十足，還在車廂裡迴盪著，連毛穎德都忍不住輕笑起來，他不是對馮千靜沒有信心，只是都市傳說太強大，如月車站又根本是個謎一般的地方！

列車明顯的比剛剛更加減速，這讓靜不下來的夏玄允又找扇窗往外看著，他瞇起眼在長草中看見左方的彎，興奮的大笑著，「隧道！」

咦？郭岳洋跟毛穎德都趕緊湊了過去，在如月車站附近的確有個隧道，十數年前第一個傳回的女人就在半夜走過那個隧道呢！

列車左轉，咻咻的往前，要過山洞時明顯的煞車，速度越來越慢，在黑暗中興奮的三雙……不，兩雙眼看著車窗外的微黃燈影掠過，直到白燈亮起，月台現身——

完全陌生的車站緩緩進入眼簾，簡單泛舊的深紅色調，放眼望去是空盪一片，閘門緊臨著月台，過了閘門便是一大片的空地，完全沒有任何乘客，閘門邊是銀色的站務亭，玻璃倒是有些厚重塵埃，裡面的站務人員穿著制服戴著帽子，回頭望著進站的列車。

車子完全停妥，車門自中間朝兩旁開啟，夏玄允跟郭岳洋雀躍的站在門口，他們剛好就站在閘門前，看著月台距閘門只有幾步的距離。

「好炫喔！月台跟閘門這麼近！」夏玄允一步就踏出去了，「一步、兩步、三步……才三步耶！」

「而且這個閘門是沒見過的……全封鎖狀。」郭岳洋跟著走出去，看著眼前的對開玻璃門，有些詫異。

如月車站的閘門是對開玻璃門，而且幾乎高至天花板，可能過卡後才會開啓，可怕的是，對開的兩扇玻璃接縫處，全是尖刺，郭岳洋拿指尖嘗試一下，痛得縮回手。

「眞的是尖刺耶！這個防逃票也太可怕了。」他站起來，吃驚的看向夏玄允。

「因爲離車子近，如果不買票直接從裡面滑進來，這玻璃門根本全面防護，誰能逃啊！除非……」夏玄允一臉賊笑，看著閘門中間，「就是一個嗶完，另一個閃身跟上？」

「夏天！不要亂來，中間那尖刺就防止你這種人！」毛穎德在後面喊著，他倚在門邊，聽見廣播報告的列車離開時間，「我們有五分鐘。」

郭岳洋也伸手制止了夏玄允，如果閘門上都是尖刺，硬鑽過去不是直接變篩子了？

連嗶卡的上方也是玻璃門的範圍，這個防堵眞是幾霸昏。

「這好先進喔……不過……」夏玄允笑了起來，「表示這裡的居民素質也不是很好嘛！得要這樣防範逃票？」

毛穎德忍不住翻了白眼，「你去問問意外進來的人，誰不想逃票？」

眼尾瞄到車頭走來的列車長，毛穎德用氣音提示打暗號，夏玄允立刻衝了進來，「厚，我剛去敲門他不理我耶！」

「有問題問他！」毛穎德使了眼色，夏玄允劃上笑容，立刻朝列車長直奔過去。

郭岳洋走回列車，揹起自己的背包，看起來他們應該會在這站下車了。

看見奔來的身影，列車長略微停下腳步，低垂著頭任帽簷遮去臉龐，有些警戒。

「先生先生！」夏玄允開心的奔去，「請問一下，下一站是哪一站？」

列車長向後退了一小步，「這是最後一站，你要選擇留在車上，還是下車？」

「最後一站？」夏玄允一陣錯愕，左顧右盼看著還坐在車上的人，「最後一站應該大家都要下車吧？」

「你自己選擇就好。」列車長向旁走去，意圖繞過夏玄允，他卻帶著萌笑往右跨一步，硬是擋住他的去向。

「請問你有沒有見過一個很帥的女生，在這裡下車？」一邊說，夏玄允拿出了手機，塞在列車長面前。

又是避開，列車長不想說話的二度試圖繞過夏玄允，卻又被他攔下。

「她叫馮千靜，很帥氣，昨天下午坐這班車的。」夏玄允不死心的追問，「我知道她下車了，但我想知道下車後我們哪裡可以坐接駁車離開？」

列車長明顯的頓住了，他下巴收緊，略瞥了夏玄允一眼，又往門邊的毛穎德跟郭岳洋看去。

「接駁車？」噢噢噢，列車長終於說了別的字。

「對，我朋友應該是離開車站了，她走出山洞遇到其他人，被載走了——」夏玄允很故意的蹲下身體，像是刻意想看見列車長臉龐，「所以如果我們出站，要去別的地方應該也有接駁車吧？」

列車長伸出手，直接罩住了夏玄允的臉，這舉動讓毛穎德警備心起，他立刻衝過來，意圖推開列車長。

「這種事你何必問？」列車長低沉的說，「你應該比誰都知道才對！」

數秒過後，列車長立刻又把他推開，夏玄允被踉蹌上前的毛穎德接住。

列車長不再說話，大步的繼續巡邏車廂而去，掠過郭岳洋身邊時，眼尾悄悄瞄了一眼。

「夏天！沒事吧？」只剩右手能用的毛穎德氣力還是很足。

「我沒事……」夏玄允搖搖頭，有些詫異，「我們、我們下車吧！」

郭岳洋已經拿過他的背包了，很愉悅的離開車廂，重新踏上月台，「我先說好了，我要去看看有沒有紀念票款。」

「所以是要先出去再買票進來嗎？」毛穎德皺眉，「你們不要浪費時間又浪費錢！」

「才不會咧！」夏玄允揹上自己的背包，「我去！郭岳洋在這邊等！」

毛穎德回頭看著停著的列車，再一分鐘就要開了，車上卻沒有人下車！

「喂！你們等一下！確定是這一站嗎？」他及時伸手拉住夏玄允。

郭岳洋笑了起來，「當然是啊，瞧！」

他向上頭一指，毛穎德跟著往上看。

きさらぎ。

「我們先來自拍！」

「快點去買票啦！」

第六章 比奈鎮

喝！

眼皮跳開，馮千靜幾乎是彈起來的，坐直身子左顧右盼，打量著這窄小略帶灰塵的房間。

依然掉漆斑駁的牆壁，天花板角落結著的蜘蛛網還在，跟前一晚一模一樣。

她向後重新靠上牆，剛剛的驚醒讓她滲出了點冷汗。

馮千靜睡在一個兩坪大小的房間裡，只有簡單的床與被，窗子在床尾對過去十一點鐘方向，是古早時代的木窗，門則在床的左方，是扇她應該能踢破的木門。

昨天晚上，她開著車來到了比奈鎮。

比奈鎮沒有她想像的黑暗或是可怕，意外的真的是個正常古樸小鎮，有燈光、有住戶，完全像個普通小鎮，要開進鎮上時道路還變窄，甚至有個沒太大作用的柵門跟守衛亭，一個胖胖的大叔在門口吆喝著，很熟的一直喊：「江A江A。」

直到看見駕駛座裡的她，愣了一下，問載她上來的人呢？

「我不知道，我走上來時看見這台車子空在路邊。」

她說了謊，車子沒有熄火的看著大叔，大叔愣了一下，帶著驚訝喃喃自語：

「難道逃了？傻啊！」接著又堆滿親切笑顏指引她往前開，說她新來是客，一定要先到警局去報到。

一路上沒見到太多人，這裡眞的是山中小鎮，屋子不是木造就是竹造的，攤販都是在林裡土壤上做生意，鏟平一片地搭個篷子做數，因爲她抵達時是晚上了，因此只看到收攤的棚子。

不遠處有燈火通明，果然聽見熱鬧的鼓聲，敲擊樂器與嗩吶，江大哥說過，過兩天有廟會活動，所以大家都在練習……只是在隧道裡也聽得見，未免太玄。

直到她下車時，附近經過的人才嚇一跳，瞠目結舌的看著她。

馮千靜走進警局時，正在喝茶的警察一口水噴了出來。

他們穿著沒見過的制服，手忙腳亂的跑來詢問關切，再問了一次「接應人」呢？她用一樣的謊話帶過，但沒有人求證，警察們也是交換了眼神，喃喃說著類似「該死！怎麼會想逃？是傻了嗎？」這類的話語，接著請她登記。

因爲她是客人，所以必須登記，鎮上對客人有獨特的接待方式，她不必花錢住旅館，因爲外來客沒有他們這的使用錢幣，因此警局後方就設置了臨時旅館，保證乾淨，請她暫時住在那裡。

警察還特地交代，請她窗戶務必緊閉，安全上有警察把守，請她放心。

事實上她很難放心，眞的安全爲什麼要叫她自房裡卡上窗戶的木門？而且她一進警局車子就被開走了，失去交通能力、在這個人不生地不熟之處，人又異常疲備……她不想再去冒險，選擇暫時住下。

反正她哪裡也去不了，至少得先有個遮風擋雨的地方。

警局後的房間很像學生外面的租屋，窄小走廊上兩邊都是房間，間數倒不多，外來客似乎不會太多的樣子。在進房後一個大媽熱心的送來湯品跟麵包，就擱在門邊的桌子上，她沒有吃，任菜餚涼掉，而她背包裡有營養棒，她吃了一小塊配點水，便關上電燈，把被子拖到一個兩旁都沒有窗戶的角落，坐著警戒。

結果什麼時候睡著的她根本不知道，只記得昨天在黑暗的房裡，她是哭著睡著的。

她好想回家……她想離開這個地方。

錶上顯示七點多，她已經聽見屋外的熱鬧嘈雜，穿好衣服揹起背包，她步出了暫時的房間。

「咦？妳醒了啊！」警察顯得有點驚訝，「睡這麼少不會累嗎？」

馮千靜搖搖頭，「我想梳洗一下，有水嗎？」

「啊！門口就有，那是山泉水，扭開水龍頭就有了。」這個警察叫小能，熱心的帶她走出門口，的確就在門邊有小水管。

一走出來，她就接收到熱切的眼神。

「新來的嗎？」

「對啊，昨天到的！又是一個年輕女孩耶！」

「聽說江A逃了喔？」

「有夠傻的，這樣逃他以爲就會平安嗎？」

警局外面男女老幼都有，吱吱喳喳的討論她，討論著江大哥。沒有回來就叫逃離嗎？馮千靜雙手盛水往自己的臉潑洗，好洗去滿臉淚痕。

如果這個地方值得逃，那她也該做足準備了。

「張同學！」警察又從裡面呼喚，「妳要不要吃早餐？」

「啊？」她微笑，她用假名。

「那個妳往前走就是鎮上了，喜歡什麼就拿去吃沒關係，大家沒見過妳都知道妳是客人，不會跟妳收錢。」

「這麼好？」她很懷疑。

「待客之道啦！」小能笑咪咪的，看起來才三十歲上下，人很和善。

是說江大哥也很和善。

漱了口，她重新紮著頭髮，太陽在東方微微亮著，她眯起眼看向雲層裡的太陽，這個地方天氣看上去很好，但始終雲霧撩繞。

昨晚要開進鎮上前，那簡直是伸手不見五指的黑暗。

眼尾瞄到另一個警察似乎從她房間出來，神色有些嚴肅的上前跟小能低語，小能略顯訝異，直覺看向她。

「妳昨天晚上沒吃飯喔？」果然是爲了餐。

「太累了反而吃不下。」馮千靜敷衍笑笑，「我有些問題想請教一下，可以嗎？」

「可以啊！當然！」小能立刻往裡面走去，「坐下來談吧！」

「不必。」她開門見山了，「你們有班次表嗎？」

小能的笑容瞬間僵住，「班次？」

「我不是來做客的，我是迷路，我不知道爲什麼會坐到如月車站，那不是我熟悉的地方。」她認眞的看著兩位警察，「我甚至可能不是你們這個世界的人，所以我想請問離開如月車站的班次表。」

「妳想離開？」另一個警察居然很意外。

「當然，我是坐錯車了。」她很肯定的說。

「呵……這……呵呵，小靜，如月車站沒有回程的車耶！」小能禁不住乾笑，「如果能回去，很多人早就回去了。」

馮千靜瞪圓了雙眼，「什麼意思？鐵軌有雙向啊！」她差一點就說出：江大哥說過，一天只有一班。

「是啊，但列車經過不會停！」另一名警察悲傷的看著她，「列車只有來的時候會停，所以妳應該只看到一個月台吧！如月車站只能進，不能出。」

馮千靜強忍住內心的震撼，她不是害怕，是忿怒……又氣又急，這個答案她應該不意外，但為什麼聽見時還是全身血液都退去了？

深吸了一口氣，她下巴微顫。

「所以，你們都是意外進來的嗎？」她注視著這兩個男人。

「我……」小能想說什麼，另一位警察立刻上前，伸出手臂把他往後擋。

「同學，妳還是想著趕快適應這裡吧，不要再去想什麼回去的事了。」小餅苦笑，「未來有很多需要妳煩惱的事。」

馮千靜垂下眼睫，輕聲說謝，扭身就走。

這一扭身，一堆人立刻跟著別開頭，剛剛他們也沒少在後頭竊竊私語。

才走沒兩步，賣豆漿的阿婆就朝她招著手要她過去吃早餐，馮千靜搖搖頭，她不會吃這裡的食物的。

她才不想成為這裡的人。

說不上來的不對勁，之前她曾被樓下的男人帶去另一個空間，她記得「時間」與「食物」是重點，這兩樣可以拿來證實離開原本世界的人，究竟有沒有成為都市傳說的一份子。

肚子不是不餓，但是她有營養棒，可以再撐一下沒關係。

鎮上非常純樸，很像幾十年前的鄉下，有現代化設施但都不夠新穎，屋子均為木造，水管也是竹管，一路從山上接下來，樹木林立，道路是碎石子路，整個鎮上處處有坡度，畢竟是在山裡。

依她生活的地方來說，的確有些落後，人們的衣服也相當陳舊，別的不說，她昨晚住的警局也有歷史了。

後方有人吆喝，一台小卡車經過，她閃到路旁，看見卡車後頭載著一包包像是麵粉袋的東西。

「同學，肚子餓了嗎？來個饅頭啊！」左邊樹下用竹架搭起的棚子裡，和善的大嬸吆喝著。

馮千靜依然笑著搖頭，大嬸的笑容便有點尷尬。

她身後的桌子上坐了一個男孩，正大口大口咬著饅頭，衣著很新而且跟這裡的調性都不同，這讓剛走過的馮千靜又倒退幾步……她怎麼覺得在哪兒看過那個男生？

「新來的都不吃飯是怎麼樣？」大嬸跟店裡的一個阿伯叼唸著，「我聽說她昨晚也沒吃啊！」

哇，剛剛警察才發現的事，這麼段距離的早餐店就知道了啊！消息還真靈通。

男孩聽見他們的對話抬起頭瞥了眼，然後目光對到就站在路邊的馮千靜，他略驚訝的張大嘴，偷偷瞄向大嬸，有點尷尬。

「吳炯丞？」馮千靜想起來了，往前一步，「你是吳炯丞對吧？」

咦？男孩整個呆住，手上的饅頭差點就要掉下來。

下一秒，淚水竟奪眶而出，嗚哇一聲便伏案痛哭了……大嬸嚇了一跳，回頭看著突然哭起來的他，然後驚愕的看向站在路旁的馮千靜。

她一臉：妳怎麼在這兒的神情？

馮千靜沒管其他人的眼神，逕自走向吳炯丞，「你是吳炯丞吧？林瑩眞的朋友，你失蹤好幾天了，她一直在找你。」

「林、林瑩眞！」吳炯丞顫抖的抬起頭，「林瑩眞……他們知道我不見了？」

「喂，你失蹤快七天了知道嗎？一般人很難不知道吧！」

大嬸有點狐疑，「你們、你們認識喔？」

吳炯丞啜泣著，他搖搖頭，他的確不認識馮千靜，她則是看著這些留意她的人，朝吳炯丞一撇頭，「我們出去聊聊好嗎？」

她總有種被監視的感覺。

吳炯丞連忙點頭，慌張的起身，大嬸趕緊開口，「在我這邊聊就好了啦，妳順便吃個早餐？」

「我不餓。」馮千靜簡短回答，人已經轉身走了出去。

這陌生又詭異的地方，她可沒忘記比奈鎮也是如月車站的一部分。

「謝謝大嬸喔！」吳炯丞抓著饅頭，慌張的追了出來。

奔到馮千靜身邊，他還在哽咽，來這裡這麼多天，沒想到會遇到認識他的人，而且還提到了瑩眞。

「我眞的快失蹤七天了嗎？」

「時間是一致的，你沒留意到時間嗎？」她瞥了一眼他的手腕，喔，沒戴錶，「啊！你手機呢？」

「早就沒電了！我那天就是沒帶行動電源……我搭晚上末班車，都要回宿舍了……」越說吳炯丞根本吃不下，淚如雨下。

馮千靜可以明白他的心情，孤身一人來在異地，突然出現一個知道他狀況的人，那種孤獨與難受會同時湧上。

「這邊不能充電嗎？」她再問，其實她很想跟吳炯丞借手機。

都市傳說裡不一定有WIFI，但網路是通的，夏天之前問的胡話居然成眞了！

「不能，因爲插頭不對，他們不肯借我。」吳炯丞面有難色，「妳知道嗎？不是居民的話，什麼都不能用。」

他們不明白，她只想當個過客嗎？

遠方的練習演奏聲不斷，也陸續看到有人在搬桌搬椅的熱鬧，看來是很重要的廟會。

「那你也住在警局裡嗎？我昨晚沒看見你。」

「啊，沒有，我昨天分到屋子了。」吳炯丞回頭，指向一個上坡的岔路，「就在那邊，我有一間小木屋。」

馮千靜詫異的睜圓雙眼，「分配到……屋子的意思是？」

吳炯丞勾起難受的笑容，淚水撲簌的掉落，默默的點點頭，「我回不去，只能、只能待在這裡，大家都一樣！」

「你在說什麼啊？有沒有點志氣？」馮千靜二話不說往他肩上就是一搥，「你試過了嗎？這七天你都在幹嘛？在這裡閒晃？吃免費餐點？有試過怎麼回去嗎？」

吳炯丞先是幾秒的呆愣，然後突然浮現了怒容。

「妳怎麼知道我沒試過？車站就沒有回去的車啊！我好幾次想要下山回到車站，大家都阻止我！」吳炯丞低吼起來，拳頭緊握著，「昨天江大哥說要下山去看看有沒有出站的人，我都已經躲進他的後車廂了，還是被抓出來，就關在警局裡面，一堆人看住我——」

軟禁？馮千靜倏地回頭，發現後面突然跑出一堆人，用警備的眼神瞪著她、瞪著吳炯丞，之前到處看得見的和善笑容不見了！

「你的意思是他們軟禁你嗎？」馮千靜是對著圍觀的人說的。

「什麼軟禁，我們是怕他出事！」一個大哥嚷了起來，手上還拿著小斧頭，「你們這些新來的根本不懂，他要是出事了怎麼辦？車站那裡不是誰都可以去的！」

「能在月台裡待，你們犯得著過來嗎？走過那山洞的應該都知道吧！」另一個比較年輕的姐姐跟著大喊。

他們知道月台上那些餓得發慌的人們！

「那個月台……有很多可怕的人。」吳炯丞幽幽出聲，「我那時一下車，就看見月台有一堆像喪屍的傢伙！」

「他們看起來是餓到皮包骨了。」馮千靜正首，「帶我去你家參觀吧，我不想在這裡談。」

她背對著大眾，朝吳炯丞使了眼色。

「噢，好……不過我還沒整理好喔！」他趕緊往回走，急著帶馮千靜離開。只是，居民們不打算這麼輕易放過她。

「小靜同學！等一下！」剛剛那大嬸拿著一紙袋的饅頭過來，「妳吃點吧，餓太久對身體不好！」

才旋身的馮千靜看見右方走來的大嬸，掩不住的厭惡，「我說過我不餓了，我不想吃。」

「怎麼可以不吃呢！妳從昨晚到現在都沒進食，這樣身體會壞掉！」警局對面的豆漿婆也端著杯豆漿過來了，「我們是爲妳好，不吃會出事的！」

「我自己的身體我自己知道，謝謝大家的好意，我心領了。」馮千靜實在連笑容都懶得給，到底是哪句聽不懂，他跟著吳炯丞往左邊小路走去。

「馬的！叫妳吃就給我吃！」

一陣怒吼驀地從右後方傳來，跟著是一陣風般的壓力，一個中年大叔居然從後面衝上來，伸手就按住了馮千靜的肩頭。

吳炯丞驚嚇回頭，啊了好大一聲！

馮千靜一感受到肩頭的重擊，瞬間壓低右肩再回身，雙手交叉後向上一劃，眨眼間瓦解了大叔的箝制，緊接著順勢以左手掌根處朝大叔臉上重擊，右腳同時曲膝攻擊他胯下！

「哇啊——」同時間數處遭到攻擊，大叔的手都不夠遮掩，痛得直接正面仆街。

左邊眼角出現大嬸跟突然到嘴邊的饅頭，馮千靜飛快的再度利用手肘隔開距離，並且反手抓住了大嬸的手腕，把那即將要塞進她口中的饅頭往前一推——再把大嬸向右邊倒地正哀鳴的大叔扔過去！

「啊啊啊——」饅頭飛天，大嬸也飛天，滾了兩圈摔下才打算起身的大叔背上。

「妳這是在做什麼!?到底是在撐什麼?快點吃！」豆漿婆緊接著上前，另外兩個男人也早就繞到她身後，他們試圖抓住她，像是要強迫餵食。

吳炯丞看得發傻，「住手！住手住手！你們在做什麼？爲什麼要逼她吃東西？」

根本沒人在聽他說話，他只看到每天笑吟吟的人們，怎變得可怕執著，帶著一種發狠的神態，就希望強迫這個女生吃東西！

馮千靜俐落的蹲下身子，讓意圖從後攫住她的人撲空，隨手抽出一直插在長褲鬆緊帶裡的短棍，不客氣的一一朝眼前人的膝蓋招呼！甚至用力抓住豆漿婆，把她往繞成圈的男人身上推去，自個兒則借力使力的滑出了他們的包圍。

一滑出去後立時站直身子，扭腰回身，短棍擊上豆漿婆的背部，加重她跌倒的力道，整個人狼狽的撲向兩個男人，兩男人爲了攙住阿婆根本沒辦法對付她，還被灑了一身的豆漿！

唰——馮千靜倏地轉身一百八十度，打直的右手上握著霓彩棍，正對著一個原本準備由後偷襲的大哥。

棍尖正抵著大哥的鼻尖，身後的阿婆已經哎唷倒地，不支的拖累了那兩個男人，右手邊地上跌著饅頭嬸跟還摀著胯下的大叔，馮千靜眼神緩緩移回正面，凝視著眼前穿著深藍色工作服的男人……然後越過他，看向後面一票驚嚇的人們。

「我，不餓。」她瞇起眼，「誰還想逼我吃東西？」

冷不防上前一步，短棍戳上鼻尖，男人居然哇的一聲大退一步，雙手高舉呈投降狀，「我……我們是爲了妳好！」

「我餓了會找你們。」她握著短棍，一一比向其他人，「像你們說的，我撐不久不是嗎？你們在急什麼？」

嗶嗶聲——哨子音急促傳來，警察們匆匆而至。

「做什麼做什麼？發生什麼事了？」小能帶頭，衝過來看見一地亂象。

還有手持短棍的馮千靜。

「哇，妳……打架嗎？妳還帶武器啊？」小能愣住了，「把……東西給我。」

「我沒打架，我在健身。」馮千靜勾起笑容，放下右手，「我正要去同學家坐坐，這邊腳滑的就麻煩你了。」

凌厲的雙眼睨了小能一眼，像是在說你最好閉嘴。

馮千靜帥氣的走向瞠目結舌的吳炯丞，還得她拽過他的手臂，他才知道該往前走了。

左轉後是數間屋子的獨棟簡單木屋，吳炯丞家在中間棟，只有一層樓，但有六坪大小，裡頭只有臥室廁所跟廚房都具備，但都很簡陋，至少馮千靜沒看見瓦斯爐。

「哇——塞！」

一進門，吳烱丞終於喊了出來。

馮千靜沒理他，逕自把門關妥鎖上，走到窗邊朝外瞥了一眼，有個往這兒探頭探腦的女人趕緊縮了身子。

關上木板窗，門子一卡，室內一片昏暗。

「妳好強喔，怎麼這麼會打架？」吳烱丞由衷讚嘆。

「那我專業。」她淡淡的說著，又挑面牆席地而坐，「坐下吧，我想知道你到這裡後發生的所有事，還有你對這裡的瞭解。」

吳烱丞皺起眉，雖然才幾天，但他已經不抱希望，打算在這裡生活下去了！現在跑出一個同學，有些激起他的傷心，但也勾起了希望。

他是六天前進來的，因爲手機沒電的關係，他都快記不清楚日期了，但至少知道快屆滿一星期。當他發現如月車站的名字疑似都市傳說裡的那個車站後，他整個人變得相當慌張，然後看見皮包骨像喪屍的人，嚇得尖叫。

到站務亭去求救，站務人員完全不理他，然後，他只知道跳下軌道……那是他唯一的路，也發現了那群人沒有過來。

所以他大膽的穿過了漆黑的隧道，一路狂奔，接著遇到了外頭開車路過的人。

「也是江大哥嗎？」馮千靜低語。

「不是，是張姐……」吳炯丞突然頓住，緩緩抬頭，用狐疑的眼神望著她，「他們說……江大哥沒接到妳，人跑了，妳是在路上撿到車子開上來的？」

既然如此，為什麼她會知道江大哥？

馮千靜略微握了握拳，「你剛不是說，昨天江大哥要去接人時，你躲在後車廂裡嗎，昨晚我開進來時，大家也都以為我是江大哥！」

「啊……對厚！」吳炯丞說是這樣說，但還是心存懷疑，「妳眞的沒遇到江大哥？」

「然後呢？你就被載上來？之後的事呢？」馮千靜不可能回答他，她其實很餓，打開背包找她的營養棒。

「我一路被載到這裡後，就跟妳一樣，進警局登記、住警局後面的房間一直到昨天。」他看著馮千靜拿出營養棒，她撥了一小塊，慢慢的往嘴裡塞，「原來妳有帶吃的，所以才不吃東西。」

「你什麼時候開始吃東西的？」馮千靜不解的問著，「你應該知道這裡很怪，卻還這麼從容的生活？」

「我……我知道很奇怪啊，所以我一開始也不敢吃！」他難受得低下頭，「但是，已經第六天了啊！」

他一直回想著如月車站，確定那是可怕的都市傳說，細節他不清楚，只知道到了那車站的人沒有再回來，所以他超恐懼，遇上張姐的車，簡直像攀到救命浮木一樣，二話不說巴了上去，結果被載到這個鎮上。

比奈鎮上的落後與格格不入他可以感受，這裡是很奇特的地方，大概落後他們平常科技幾十年，是個自給自足的小鎮。他想聯繫林瑩眞，卻發現無法充電，要借電的話，警察就說非居民無法使用。

想打公共電話也說打不通，系統不同，他在這裡可以自由走動、吃東西免付費，這都是對客人的禮遇。他提過想回家，警察卻告訴他，如月車站的列車只進不出，沒有回程的車子。

整個鎮上的人，都是在如月車站下車，且穿過隧道後上山的人。

「在如月車站下車的人？問題是車上還有很多人沒下車。」馮千靜喃喃說著，「下一站是通往哪裡呢？」

「我也這麼問，我能繼續坐下去嗎？」吳炯丞說著又開始嗚咽，「他們說不可能，下了車就不能再上去了……」

「最好是。」馮千靜持反對態度，「就算下了車，都還是在月台範圍內。」

吳炯丞淒楚的笑著，「我也不知道……第二天我真的餓到受不了了，我發現大家也都對我很好，這裡生活跟一般農村並無二致，所以我開始吃東西，養足體力，想要回到如月車站，卻一直被阻止。」

「然後呢？你第六天就想留在這裡了？」馮千靜又撥了一小塊營養棒入口，「所以他們給你屋子了。」

吳炯丞顯得有些無力，雙眼帶著空洞，「我也不知道，我越來越覺得……回不去了，要想的是怎麼好好待在這裡。」

「你的鬥志消散得可真快……」馮千靜歪著頭看他手上的饅頭，「跟吃東西有關係嗎？」

「咦？」這讓吳炯丞愣住了，「吃、爲什麼扯到吃東西？」

「對啊，是不是因爲吃這裡的食物的關係？」馮千靜雙眼一亮，「你沒看到剛剛爲了逼我吃東西，他們想做什麼嗎？這麼急的希望我吃……」

食物一旦入腹，就對這裡有歸屬感嗎？馮千靜正在思考著，吳炯丞倒是好奇的望著她的營養棒。

「我也覺得剛剛他們好凶，有點可怕。」他下巴一點，「那是什麼？」

「高蛋白營養棒，高熱量增加蛋白質用的，我有在鍛練。」她隨口敷衍。

「可以分我吃嗎？」吳炯丞嘴饞，「這裡都是素菜，沒有肉也沒有零食，什麼都沒有……」

馮千靜瞥他一眼，「我不打算吃這裡的東西，所以我不可能分你糧食……但我可以撥一小塊讓你解饞用。」

「謝謝！」吳炯丞還是開心的劃上微笑，掌心向上。

馮千靜眞的剝了一小塊給他，剩餘的好好的收妥，重新放回背包裡去，再抽出水壺喝著。

不但不能吃這裡的食物，她也得找時間下山才對……剛剛看到外面有公共電話亭，不知道能不能用電話打給毛穎德？

等等，他們說系統不同的話……

「嘔……」身邊的人突然一陣乾嘔，馮千靜嚇得向右看去。

只見吳炯丞揺著自己的胸口，臉色鐵青的做出乾嘔狀，她立刻拎起背包先閃離他身邊！

「去廁所！快點！」她嚷著，吳炯丞做嘔的鼓起腮幫子，跌跌撞撞的往廁所裡衝去。

沒幾秒，就聽見嘔吐的聲音。

超噁的！馮千靜離開廁所門口，重新走回剛剛的位子，莫名其妙，營養棒沒壞啊，她吃起來就好好的，也不可能說吐就吐！腳差點踩到吳炯丞剛扔下的紙袋，她彎身拾起，別踩了他的免費的……食……物……

如果那能稱得上食物的話。

馮千靜不可思議的看著剛剛看起來是饅頭夾蛋的東西，現在在她眼裡……根本草根和著泥土、捏成饅頭的東西，裡面塞了一堆草還有好多條蚯蚓在上頭鑽動，強烈的臭味撲鼻而來，連她都差點要乾嘔了！

這是剛剛那個熱騰騰的饅頭夾蛋？

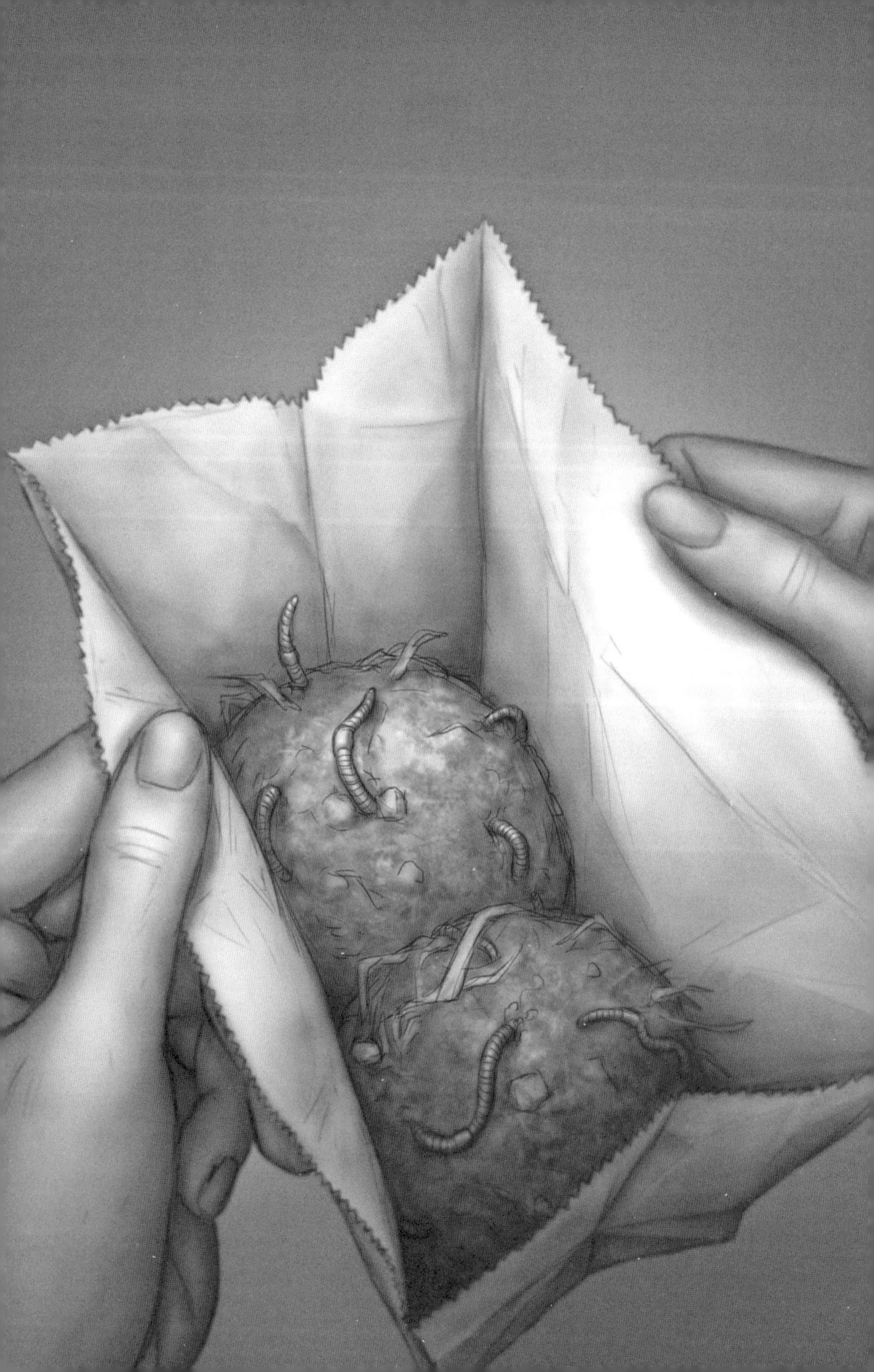

第七章 莫名的敵意

這什麼!?饅頭袋從她手裡滑落，她嚇得大退幾步。

剛剛還是饅頭的東西爲什麼會變成那樣……大小也是吳炯丞剛吃剩的大小，她……啊！

看著吳炯丞從洗手間走出，他緊皺著眉，用很可憐難受的模樣望著她，「妳那個好噁心喔！好像發霉了！」

馮千靜忍不住蹙起眉，「是嗎？」

她知道爲什麼鎮民要逼著她吃東西了！吃下去，就會漸漸屬於這裡的人，直到將那泥土草根視爲眞正的食物爲主。

「啊！我的饅頭！」吳炯丞走過去，趕緊把袋子拾起，拍一拍就大口咬下。

馮千靜忍著反胃，緊握拳頭看著他吃得津津有味，「你知道你在吃什麼嗎？」

「嗯？饅頭夾蛋啊！」吳炯丞邊說，一邊抹著沾在嘴邊的泥土。

馮千靜難受得闔上雙眼，幽幽側首，「你的確是回不去了。」

曾被樓下的男人看上的她，去過屬於都市傳說的世界，那男人的世界中，時限是二十四小時，被帶走的女生就會永遠屬於那兒，吃著原本世界的食物會吐出來，因爲他們已經不屬於原本的世界了。

「什麼？」吳炯丞沒聽清楚。

所以吳炯丞吃著營養棒會覺得噁心，就跟她看見他的「饅頭夾蛋」一樣會反胃是相同的道理。

只是，爲什麼剛剛之前在她眼裡會是饅頭？是一種假象？幻覺？還是誘惑？馮千靜慌張的再拿起水瓶喝了一小口，冷靜，雖然超噁的，但至少對吳炯丞而言那是食物！

在這裡的人，吃的都是那樣的食物，喝的也是……喝的？馮千靜詫異的看著自己手上的礦泉水瓶，喝的難道——啊！她剛剛起床時，用警局前的水漱了口，就因爲這微妙的差距，讓她也能把這些東西視爲食物嗎？

「這裡太可怕了，連水都不能碰，所以我不吃他們會緊張！」她開始喃喃自語，來回踱步。

「妳別一直碎碎唸，我跟妳說，妳那個營養棒別吃了，去找大嬸要點東西吃吧！」吳炯丞很認真的勸說。

馮千靜停了下來，看著永遠回不去的吳炯丞，「我剛看見外面有公共電話，我們的錢可以用嗎？」

「他們說不行，我第二天有試著投過，沒用。」吳炯丞搖搖頭，「可能重量也不一樣吧。」

馮千靜立刻從口袋掏出零錢，走近吳炯丞，「你有看過他們的錢對吧？大概是哪一種？」

掌心上躺著眾多錢幣，吳炯丞直接拿起了一枚兩塊錢，「就這種，但是他們的……」

餘音未落，兩塊錢硬幣在吳炯丞的指尖化成金屬沙。

銅色的金屬細沙落在馮千靜的掌心，部分飄灑在空氣中，徒留兩個目瞪口呆的人，吳炯丞抬起手看著自己的指尖，食指與姆指間還殘留著細沙。

「再拿一個。」馮千靜說著，她親自拿起另一枚兩塊錢，遞給吳炯丞。

一人捏一半，當吳炯丞觸及的瞬間，那枚兩塊錢硬幣轉眼又成沙……馮千靜驚愕的看著這一切，跟吳炯丞面面相覷。

「你剛剛……撿了豆漿婆掉出的錢對吧？」她可沒錯過，一片混亂中她最清楚，「收進右邊口袋裡了，好幾枚。」

吳炯丞有點難爲情，因爲他在這裡身無分文，總是不安心！他戰戰兢兢的把錢從口袋裡掏出來，沒有成沙，就像現在躺在馮千靜的掌心裡的硬幣一樣。

「我拿一枚最小的看看……」馮千靜打量著他的掌心，輕輕的拿起最小的一角……

唰……淺金色的粉末落在吳炯丞手上，兩個人嘴巴張得超大的，但彼此都聽見了無聲的：「啊啊啊啊啊——」

吳炯丞驚恐的看著她，飛快的搖著頭，欲言又止的不知道該怎麼表達他的情緒。

「你是這邊的人了，所以可以使用這裡的東西了！可是對於原本世界的任何物品都不該存在……我就算剛剛撿了錢，只怕也沒辦法打電話，你——」馮千靜搖著頭，「你跟我們的世界切斷了。」

吳炯丞沒有太過悲傷，「我本……來，我本來就會這樣不是嗎？」

「我不打算這樣。」馮千靜做了個深呼吸，「我要跟你借手機。」

「我沒電了！插頭也不能用……」他指向角落的插頭，這裡的插座是八個洞的，好麻煩的插座。

「我有行動電源。」馮千靜尋找著他的背包，「你放哪？」

吳炯丞趕緊走到床的另一邊，他的背包放在地上，「我昨天……」

「別動！」馮千靜突然大喝，嚇得他顫了身子，「你現在已經不能動原本世界的任何東西了，昨天是昨天……你一點一滴的變成這裡的居民，誰知道還有什麼會跟著不見！」

吳炯丞即將觸及背包的手縮回，馮千靜親自走過去，把他背包裡的東西全倒出來擱在床上，手機果然死機，她問了密碼後，立刻接上自己的行動電源。

「有什麼話需要我轉告的？」她還是很講義氣的，「我回去後一定幫你帶到。」

吳炯丞悲傷的望著她，「我真的不能……」

馮千靜搖著頭，「我進去過屬於都市傳說的世界，一旦變成那邊的人，是無法再適應原本世界的。」

「妳進去過？這怎麼可……」吳炯丞不可思議的看著馮千靜，突然瞪大雙眼，「啊！我就知道，妳好面熟！妳是那個『都市傳說社』的──」

女子格鬥者小靜啦，所以她剛剛才會這麼威！

「我進去過很多次了，我先說我都不是自願的，反正被困在裡面的人，狀況都是千篇一律。」她把一切有用的東西拿起來，「這裡的時限看起來比較長，我必須在時限到之前離開。」

「哇塞，都市傳說社的……我之前還去過一趟你們社辦，我超不信的耶！」吳炯丞幾乎要站不穩了，「不對，妳知道有辦法破解對吧？你們社團超紅的，因為你們都可以……」

「來不及了。」馮千靜嚴肅的說，「你去過我們社團，記得我們的置衣架嗎？就是有個假人模特兒？一半劃肌肉組織，一半看起來是正常帥哥？」

「有，那個感覺很可怕，結果還說是拿來放外套的！」他當然記得，幾乎一進門口就看見。

「那是眞的人，去年法文系失蹤的李彥樺，他是在『試衣間的暗門』中被拉走的，他在都市傳說的世界被剝了皮，我們以爲能救他出來，結果他出來就變那樣了。」馮千靜飛快的解釋著，「不必問我他有沒有知覺，有的話他也不能開口，我希望沒有感覺，否則我會恨自己帶他離開。」

連珠砲般的說完，馮千靜焦急的開機，她想快點聯繫毛穎德！

吳炯丞不再說話，他無力的坐在床緣，他回不去了，但是這個小靜卻還能回去，昨天還能碰的背包今天可能會成灰，因爲他昨晚分配到了屋子……所以是七天嗎？他們知道他即將轉爲這裡的居民了！

回去的風險太高，連她帶的食物都無法入口，一輩子……他都得待在這裡。

爲什麼他前幾天會這麼的毫無鬥志？爲什麼不像她一樣積極想離開？他都在做什麼？他竟然還會搬椅子坐在庭院曬太陽，或是在床上賴一整天才起床——這裡的一切都不想讓他離開了。

「慶典……」他突然跳起來，「廟會是為我辦的！」

馮千靜錯愕回身，「什麼？」

「這個廟會是為了我辦的，是個歡迎儀式，是神的旨意，有新居民誕生時，神明會指示要不要辦盛大慶典。」吳炯丞的聲音都在顫抖，「所以我今晚會成為……這裡的居民，因為已經第七天了。」

「你怎麼知道？」

「我陸續聽見的，重點是鎮長說今晚有我的歡迎儀式，叫我一定要參加！」

「好，就算七天好了，我的食物不一定能讓我撐到七天。」馮千靜正在克制自己不滿的情緒，「我不吃東西，鎮民就會慌張，這才是我最擔憂的。」

「妳住我這裡，他們不可以隨意傷害居民，也不可以任意進入居民的家！」吳炯丞回憶著，「我的天哪！那天有個朱大哥原本想要殺我嗎？我突然被攻擊，結果有警察拖他走，朱大哥還一直大喊說什麼……對非居民下手是不犯法的！」

「在說什麼啊？」

「就前天的事而已！我正在閒逛，有個男人突然朝我衝過來要揍我，警察突然從旁邊衝出來就壓制他了，我還不知道為什麼我惹到他！」吳炯丞邊說臉色就越慘白，「他手上還握著菜刀……」

「可以對非居民下手嗎!?」馮千靜覺得有些發冷，「果然！這就是爲什麼他們要客人住在警局的原因了！」

詭異的地方，有他們自己的規矩。

「列車——列車來了！」

外頭突然傳來驚呼聲。

「有人下車了！又有人下車了！車站傳上來的消息！」

「天哪！這是什麼好日子啊，怎麼這幾天都有人下車？」

如月車站又有客人了？馮千靜飛快的到窗邊去聽著，原來如月車站會通知鎮上的人嗎？

「快點派人去接啊！今天輪到誰了？」

「本來這週都是江先生啊，讓陳明去吧！陳明！」

「來囉！我這就下去！」粗獷男人回應著，「知道男生還是女生嗎？」

「男生！」遠遠的有人大喊著，「是三個男生！」

馮千靜圓睜雙眼，三個男生？

在明知會被阻止的前提下，馮千靜還是衝出去說要跟著下山，也的確被勸阻了！一堆鎮民直接用人海戰術團團包圍住她，等她衝出人海時，已經不見什麼陳大哥身影。

在如月車站下車後，這裡才會被通知有人在如月車站，那四十分鐘的車程怎麼可能趕得到？

算了，這不是她生活的世界，她不需要思考這麼多。

吳炯丞帶著她在鎮上轉悠，「熟悉地形」，馮千靜身上放著手機卻沒有聯繫毛穎德，因爲萬一現在在如月車站的是他們，她擔心聯繫他們時，他們剛好在陳大哥車上就不好了。

唉，她哪裡來的自信覺得是他們？就因爲三個男生嗎？

馮千靜滿心期待，卻又告訴自己不要抱太大希望，說不定只是三個意外進入不幸的男孩們。

唉，在這裡每一分每一秒都讓她難受，她跟吳炯丞說了這麼多，卻根本不知道該怎麼離開！

來到廟會的廣場，果然有個像是廟宇的建設，但比想像的小了很多，非常的小，是個一百公分高、三十公分見方的小方龕，屋頂是廟宇造型，外頭罩了紅色的布。

說墓碑她覺得還比較像些。

但是廣場上煞有其事的擺滿了紅色的椅子，後方還搭建大舞台，一旁的樂隊正在練習嗩吶、鼓聲，每個人看起來都異常的精神喜悅，努力的練習，看來這歡迎的慶典活動眞是不同凡響。

「每次有新居民都要這麼鄭重其事嗎？」她好奇的問著。

「我也不知道……感覺好像不是，因爲鎭長說我是福星，他們好久沒辦慶典了。」或許已經快被這裡同化了，吳炯丞不是不想離開，可一旦知道自己走不了後，卻也沒那麼難過了。

看著這裡的一花一草、一景一物，他有種自己好像眞的屬於這兒的感覺。

舞台的下方正在陳設一張大桌子，桌上由五六個人扛上一個大木塊，看上去非常沉重，是塊橢圓形的木板，看不出來要做什麼用的。

這個村鎭不大，來回一小時內可以走完，是個寬圓形的地方，有高有低，但地勢總體來說還算平穩，在幾處高處，可以看見不遠處也有人在那兒活動。

吳炯丞說他們在擴建鎮上的範圍，那兒是開墾區，所以能看見樹一棵一棵的倒下。

「要不要來點涼的啊？」

一路上的熱情少不了，隨著馮千靜拒絕的次數越多，鎮民們待她的笑容也越來越少，她可以理解他們的心急，因爲這樣她很難與這兒同化。

昨天開來的車子被開走後就沒看過了，她想要那台車，到山下總比待在這兒好。

「欸，你昨天說你本來躲在江大哥的後車廂裡，車子是停在哪裡的你知道嗎？」馮千靜附耳問著。

「就在門口啊，一直都停在那裡。」吳炯丞也小聲的回應，「整個鎮上只有那一台車。」

咿……令人毛骨悚然的磨刀聲陡然響起，馮千靜回身看向聲音的來源，有個勉強稱得上高大的男人正手持屠刀，在庭前磨著他的刀子。

磨刀霍霍，令馮千靜不安的是，他一邊磨刀，那雙眼卻鎖著她。

「他就是朱大哥。」左耳傳來吳炯丞不安的低語，她略微回首，又見幾個壯漢拿著飲水食物，巧妙的在某個十字路口圍住了他。

「我無論如何要回去的。」她直接揚聲，雙眸卻動也不動的鎖著朱大哥，「我要回到如月車站，我要上車離開！」

「那是不可能的。」蒼老的長者從廟那邊的方向緩步走來，「能回去的話，我還在這裡當鎮長做什麼！」

馮千靜根本懶得跟他們說太多，反正她是絕不會留下的。

「我用走的也能走下去，回到車站後我再自己想辦法。」

「嘻……」四周一片訕笑聲，彷彿她說的是什麼笑話。

「回到車站？妳見過那邊的人不是嗎？」鎮長搖著頭，「在那裡一點一滴的挨餓，慢慢的餓成皮包骨，隨著時間的流逝消耗了自己身上所有的肌肉與脂肪，卻死不了……」

所以那些是活人嗎……難怪骨頭會斷也會痛啊，馮千靜想到被她揍的男人們，看來他們也是活著的狀態。

「我以為是……喪屍還是鬼什麼的……」吳炯丞還是很害怕，只怕在車站有被嚇到吧！

「他們也想離開，但變成那樣就只能待在那裡了，他們也沒想過要出來。」

鎮長微微一笑，還帶著讚許，「過去有勇氣過山洞的不多，後來多虧他們追著，許多人硬著頭皮也會衝，但是能順利過隧道的又只有一半……」

咦？吳炯丞有點錯愕，看來他在穿過山洞時沒遇到太多事情。

「我……那如果我不下車呢？」吳炯丞心裡一直存疑，「我那天下車後，列車一啓動，所有乘客都跳起來用很可怕的眼神看著我……彷彿我下車是一種、一種錯誤。」

馮千靜回憶著昨天的狀況，的確是這個樣子。

「那不是瞪，是一種憐憫吧！我覺得我是被這樣看著的！」馮千靜還記得他們皺起的眉。

「呵……見仁見智。」鎭長笑笑，「列車上的時間是不會流動的，一直靜止在你們上車的那刻，在列車上的人就在等待……有朝一日列車能停在他們的世界，讓他們下車。」

時間不會流動!?這是什麼神奇的列車!?

「不合理，我是在我的世界上車的，那時他們爲什麼不下車？」她上車時，車上還是有人的啊！

鎭長勾起了一抹頗具深意的笑容，卻沒有任何解釋，而是發出低吟笑聲……哈哈……哈哈哈……

「喂！笑什麼！這是什麼意思？」馮千靜不爽的追問著。

鎮長旋身，「孩子啊，能好好活著就是福氣啊……工作、睡覺，不管生活在哪裡，終究是活著啊！」

馮千靜急著想追，但吳炯丞突然留意到後面湧上的人，「小靜！」

咦？她趕緊回身，看見食物全送到嘴邊來，左手連忙一揮，但有人竟冷不防的從後圈抱住她！

「啊——幫忙啊！」她扭著頸子硬低下頭，不讓他們輕易扳開她的嘴。

幫……幫……吳炯丞趕緊撲上前，想要把抱住馮千靜的男人鬆開。

「滾開！不要胳臂向外彎！」男人低吼著，意圖將吳炯丞甩掉。

冷靜！一步一步來！她的雙手還沒被鎖住！

馮千靜知道圈著她的人力氣不小，她得謹慎，目標該是抓起她的馬尾、箝著她下巴想扳開她嘴巴的那些人！

所幸剛剛早有戒心，短棍她一直沒離、過、手——毫不留情的左揮右擊，一個一個都往臉上最脆弱的地方擊去，打斷鼻梁、打掉牙齒，甚至往前額砸去，尤有甚者，緊拉住她手腕的那個人，她只能往他手骨敲下！

哀鴻遍野之際，她彎身蜷起身子，開始連續朝著圈住她身子那十根手指骨連續短打敲擊。

「啊啊啊——」

結果身後那個男人還沒慘叫，正前方卻傳來了怒吼聲！

馮千靜驚愕的抬起頭，看見剛剛那磨刀的男人，居然擎著屠刀突然朝她殺了過來——別說原本圈著她那男人的雙手立刻鬆開，連在旁邊意圖要抓住她的人也全數向旁逃離！

「我要吃肉！我現在就要吃肉——」朱大哥怒吼著，殺氣騰騰而至！

那是眞的殺氣！馮千靜趕緊回身，踩過被她打中在地上哀號的人們，退到吳炯丞身邊，一把推開他。

「快滾！離我越遠越好……」不對！馮千靜看著男人衝來，她急速的往前奔去，這邊太多人了，會妨礙她行動的！

「不可以！朱大哥！」有人從旁邊追上去，「你不可以亂動手！」

「誰說的！」朱大哥緊握著屠刀，隔著兩個倒地的人與馮千靜對望，「對非居民下手，是被允許的！」

這是個緩坡，朱大哥大跳一步，屠刀就朝著馮千靜的頸子劈砍而來！

她的霓彩棍是金屬製的，但也不代表需要硬碰硬，她柔軟的閃身，看得出來朱大哥只是硬砍，一點技巧都沒有，所以他使勁劈來時，身體會整個驅前，而她——雙手直握短棍尖端，就著他腎臟的地方，狠狠就是一戳！

「吼——」朱大哥痛得向後仰著背，手立刻扶上痛處，但只有往前跌撞幾步，忿忿的回頭瞪著她。

馮千靜此時已經趕緊回到平路上，其他的鎮民上前試圖阻止。

「住手，她、她即將成爲我們的居民！」

「我現在就要吃肉，我要大口吃肉，我幹嘛等她成爲居民！」朱大哥對著鎮民揮刀，「什麼慶典什麼分配，我才不要吃那一小塊，我要她整隻腿——我沒有犯法，誰都不許妨礙我！」

有沒有搞錯啊!?吃肉？是指她嗎？

馮千靜站得穩當，這種亂砍亂揮刀的人，處處是破綻，她要小心的只是他的力道，還有那把銳利的屠刀！

屠刀橫掃而來，她一樣迅速閃躲，但朱大哥速度變得很快，刀子在他手上如行雲流水，逼得馮千靜不得不用霓彩棍去擋！

金屬撞擊，鏗鏘聲響，最怕的是力道上的差異，馮千靜的手一陣痛麻，差點握不住霓彩棍，整個人向後踉蹌——靠，他力氣很大！

不能跟朱大哥有所接觸，她剛剛差點連武器都握不住了！難怪剛剛腎臟那一擊他相安無事，對他來說不會是蚊子咬吧？

朱大哥喜出望外，他也感受到力度的差異，「很會躲嘛，我看妳能躲到什麼時候！」

殺招咄咄進逼，幾乎不給馮千靜喘息的空間，那屠刀眞的就著她的頸子、胸口或腹部劈砍，不管劈還是砍，她如果空間不夠，就根本來不及反應閃躲！

刀子朝臉殺至，她不得不持棍迎擊——「啊！」

雙手震顫，她瞬間失去了霓彩棍！

右腳踩踏不穩，右膝一軟，整個人往後倒去，同時那把屠刀就朝著她的肩頭砍來了！

咻——莫名其妙的物品切風而至，重重從旁飛來，砸向朱大哥持刀的手！

這時馮千靜整個人已往後摔上了地。

物品打歪了朱大哥的手，但沒打掉他的屠刀，緊接著是從左邊衝來的人影，三步併作兩步的衝至、躍起，就著朱大哥的臉就給了一記長踢！

朱大哥往旁踉蹌，下巴被踢歪了，低咒著的他屠刀依然緊握，來人左腳立穩，曲起右腳，一個高舉便直接連續的朝朱大哥腹部連踢了五腳，緊接著右手虎口就著朱大哥彎身的喉嚨出手重擊！

朱大哥蒼白著臉色向後退去，壓著喉嚨說不出話，氣管受到重擊時會難以呼吸，但是也被狠踹肚子的他，現在應該急著想把胃酸全吐出來才對。

「滾開！」男人看著彎身拱著身體的他，怒不可遏的再一個迴旋踢，把他狠狠往後踹去。

朱大哥向後滾進了自己庭院，撞倒了磨刀石跟剛他坐得舒適的椅子。

屠刀在這時總算離開了他的手。

「嘔——」

幾秒後，傳來他痛苦嘔吐的聲響。

來人立刻轉過身，急忙的衝到馮千靜面前，伸出了他的右手。

「沒事吧，馮千靜？」

馮千靜仰頭看著他，一瞬間忍不住的淚水奪眶……

「小靜——小靜——」熟悉的呼喚聲伴隨著奔跑，由遠而近。

眞的是他們！他們來了！她立即搭上伸出的手，直接撲進了他的懷裡！

「毛穎德！」

夏玄允他們活像搭計程車一樣，竟然直接在山路旁等待著「親切人士」的車子出現。

因爲他們沒有在月台上耗時太久，當然有留意到那些皮包骨的人們，但是速度很慢所以不成大礙，他們原本就打算要穿過隧道，因此沒有浪費太多時間，跳下月台後直接就往隧道裡跑。

在隧道裡如入無人之境，什麼單腳的阿公、滿地斷肢殘臂他們一樣都沒看到，跟逛大街一樣的順利離開隧道後，郭岳洋眼尖的看見旁邊的道路，三個人就直接站在路旁等著。

他們等了一會兒，還在路邊玩自拍，車站裡拍的照片都失敗，不過外面倒是拍得很順，據毛穎德說那位張姐看見他們時，表情是震驚的。

「大概一般都是他們等人，沒有人等他們吧。」馮千靜聳了聳肩，「郭岳洋，東西不要給吳炯丞碰到！」

郭岳洋才想把手機遞給吳炯丞看咧，吳炯丞聞言也趕緊縮回手，「我忘了，抱歉！」

「怎麼了嗎？」夏玄允好奇極了。

剛剛那場混亂後，警察的確是到場了，但是因爲他們都是「非居民」，所以沒有犯法，而意圖殺害馮千靜的朱大哥也無罪，等於是一場騷動鬧劇，誰也拿誰沒輒。

毛穎德傷朱大哥傷得不輕，至少他最後是被抬進屋子裡的。

爾後小能急著要夏玄允他們去登記，馮千靜趕緊附耳要毛穎德他們填假名，以防萬一，塡完後他們也獲得警局附設房間，再愉快的過來參觀吳炯丞的家。

吳炯丞趕緊解釋硬幣化成灰的事，郭岳洋立刻收回手機，還離他遠遠的！

「碰人沒關係，我覺得……這好像是一種抹殺。」馮千靜肚子又咕嚕咕嚕叫了，「吳炯丞對這裡的認同感越來越重後，便會把原本世界帶來的東西一一毀掉吧。」

「手機、身分、背包……當你斷掉與原本世界的牽絆後，的確就會乖乖待在這裡了。」毛穎德眉頭深鎖，「所以你們搞清楚這是哪裡了嗎？」

「就比奈鎭啊，跟都市傳說裡的一樣。」馮千靜聳了聳肩，「吳炯丞第二天就開始進食了，他想回去的心志不那麼強烈，所以也沒有格外調查。」

吳炯丞沒反駁，事實上他現在的心情好平靜，他認得下午出現的男生，他們是「都市傳說社」的人耶！可是……不知道為什麼，他已經沒有那種渴求回去的感覺了。

他坐在椅子上卻望著窗外，聽見外面的熱鬧，他好想趕快去參加廟會喔，聽起來真熱鬧，有什麼有趣的事要發生似的……

地板這邊在開羅會議，他則心往外嚮往，郭岳洋看著他的身影，不安感油然而生。

看見自己世界來的人能這麼淡定，太詭異了，如果他的心已經開始對這邊產生歸屬感，那麼……他就有變成敵人的機會？

「列車上的時間不會流動!!哇……所以上面那些人可能已經待很久囉！」夏玄允每一句話尾音都是飛揚的，「月台上那些飢餓人瘦得好可憐，都沒東西吃！」

「嗯……你們身上有帶吃的嗎？這裡的東西不能吃，水連漱口都不行。」她撫著肚子，打開背包想拿出營養棒吃，「離開前得分配糧食，不然挨不住餓。」

「我們沒有打算待很久。」毛穎德皺起眉，「妳別吃這個，這個高熱量可以放到危急關頭，我有帶麵包。」

麵包！馮千靜亮了雙眼，整個人都前傾身子了。

「我們都有帶，糧食跟水是必備的。」郭岳洋微笑的拍拍背包，「我也有餅乾，所以放心！」

毛穎德趕緊遞出麵包，馮千靜有點急但還是維持理智的只撕了三分之一，放入口中時，她真的覺得這是世界美味了。

閉上雙眼，她掩不住內心澎湃，「我真的真的真的很高興你們來了！」

這麼說的時候，她凝視著毛穎德。

毛穎德微微笑著，動手撫上她的臉頰，淚痕尚在臉頰上，剛剛的打鬥讓她髮絲紊亂，他細心的將髮絲往後撩，她則是依戀的貼上他的掌心。

哈囉，他們還在耶！夏玄允跟郭岳洋交換眼神忍著笑，這兩個人真的是厚……

「你們在吃什麼？」吳炯丞突然轉過來，「怎麼可以吃那種東西！我去外面幫你們拿——」

郭岳洋飛快的跳起，立刻攔住他的去向，「你要去哪裡？」

「去幫你們拿吃的啊，那種東西不能吃啊！」吳炯丞焦急忙慌的。

「哪種東西？」夏玄允好奇的跟著起身，「吳炯丞，在你眼裡，小靜在吃什麼？」

「發霉的麵包啊！這裡有現做現蒸的，餓的話說一聲就好，警察說到處都能提供的！」

毛穎德回頭看著激動的吳炯丞，他手裡可是肉鬆麵包，早上現買的，絕對沒有發霉。

「在你眼裡是這樣嗎？」夏玄允泛起微笑，「你果然……已經是這邊的人了啊！」

「什麼……什麼意思？」吳炯丞皺眉，「我是認眞的，那種東西吃了會生病的！爲什麼小靜這麼堅持不吃這邊的東西？」

「因爲在我眼裡，你吃的東西是一堆泥土揉成的饅頭，裡面夾了枯葉樹枝跟蟲。」馮千靜直截了當的說，「就像我手上的是肉鬆麵包，在你眼裡卻是發霉麵包是一樣的道理。」

吳炯丞詫異的睜圓雙眼，倒抽一口氣，「妳說什麼……我吃的是什麼？」

「你能接受就好，那是這邊的食物，不是我們的，我們看見的也不代表是眞實。」夏玄允趕緊拍拍他，「就讓我們吃壞掉的東西，你睜一隻眼閉一隻眼吧！」

吳炯丞不可思議的看著他們，腦子又開始混亂。

「他是走不了了。」郭岳洋下了定論，「我們呢？什麼時候走？」

「越早越好。」毛穎德突然蹙眉，往左肩瞥了眼。

這動作引起馮千靜的注意，她現在才想到他左肩——「你沒事嗎？你現在在都市傳說裡耶，怎麼……」

不對，他的左手一直垂著，剛剛在揍朱大哥時，左手完全沒有舉起過。

「我打麻藥了，特別的強效款。」他挑起一邊嘴角，「我可不想當累贅啊！」

馮千靜緊握住他的左手，激動得說不出話來，她不是那個意思……對！他進來的確會成為累贅，如果左肩劇痛如昔的話，他根本就是個沒用的人。

「你不該進來的，你們……其實你們誰都不該進來。」她用力握著他的雙手，眼神瞄向夏玄允。

「怎麼可能！毛毛都快急瘋了！」夏玄允打趣的看向毛穎德，「守著手機，一直等妳回應，一大早天才亮就要殺去輕軌，打算一站一站試呢！」

「喂！」毛穎德回頭叫他們閉嘴，面紅耳赤。

馮千靜劃上笑容，往前靠上他的胸膛，不在乎這裡有多少人。他在，她就覺得不再害怕了。

「唉。」一旁的吳炯丞泛出微笑，「好幸福喔，所以你們眞的有在一起喔？」

新聞他有看，這件事可是好幾天的娛樂頭條。

「管人家這麼多！你也很幸福啊！」郭岳洋說這句話時倒是藏著悲傷，「林瑩眞喔，哭哭啼啼的來找我們，她覺得你一定出事了。」

吳炯丞有些難受，「林瑩眞她……如果她也能來這裡就好了。」

什麼？夏玄允瞬間看向吳炯丞。

別說此地不宜久留了，再久一點，只怕連吳炯丞都會阻止他們離開了。

「吳炯丞——吳炯丞！」外面有人扯開嗓子大喊，「出來囉！廟會活動要開始囉！」

「喔！好！」吳炯丞連跟他們打招呼都沒有，亮著期待的雙眼就衝了出去。

郭岳洋有點掛心，「我們等等就不要再回來這裡了，我怕吳炯丞會完全爲這邊的人著想。」

「同感，等等又要強灌我們食物就麻煩了。」夏玄允點點頭，「不過剛剛那個朱大哥是怎麼回事？抓狂？」

「我不想探討這件事。」馮千靜閉著雙眼，她正在毛穎德的懷裡麻煩不要吵！

「好啊，雖然沒人知道怎麼離開這裡，但我們還是要到如月車站去再做打算。」夏玄允揹上背包，「在這之前，先讓我們看一下廟會吧！」

「對啊，有七天嘛，有的是時間！」找到馮千靜後，郭岳洋也放鬆許多，「沒想到如月車站上還有山還有鎮，感覺好特別！」

「爲什麼不叫如月鎮啊？」

「你覺得廟會可以錄嗎？」

馮千靜看著走出門外的他們，忍不住笑了起來，「我現在超喜歡聽見這種欠揍的對話！」

毛穎德笑而不答，只是緊緊的抱著她。

第八章 血腥廟會

廟會極其盛大，觸目所及都是紅布紅火的熱鬧場景，唱歌跳舞雜耍特技應有盡有，全鎮的人都集中到了這裡，鼓聲嗩吶聲有點刺耳，但鎮民們還是非常興奮……毛穎德在人群後方觀察著，這是興奮過了頭了吧？

「你們小心一點。」

冷不防的，有人在身後說話，毛穎德與馮千靜同時回首，看見的是小能。

「對非居民下手是被允許的，下午的事不是只有朱大哥這麼想……大家只是不太想這麼做，但不代表不會做。」

「吃肉是什麼意思？」馮千靜面對著前方，壓低了聲音。

「唉……」一聲長嘆，是小能唯一的回答。

嗯？嘆什麼氣？馮千靜再度回頭時，身後已經沒有人了。

他們兩個刻意在遠方觀看，離廣場甚遠，夏玄允他們應該已經擠到最前面去了，聽起來是有點危險，但馮千靜認爲鎮民現在對她最有意見，因爲她是個知情、死不吃東西、又打傷鎮民的人。

「抽籤！抽籤！抽籤！」廣場上突然鼓譟起來，搭建的舞台上站著主持人，也跟著在那邊大喊，「抽籤！抽籤！」

抽籤？這什麼意思？

鎮長緩步的佇著拐杖慢慢從後台樓梯走上，台下歡聲雷動，毛穎德還留意到人人手上都捧著空盤子或是碗。

鎮長高舉雙手，現場立時鴉雀無聲。

「好久沒有慶典了啊，我們都要感謝新居民——」

「吳炯丞！」有人高喊了吳炯丞的名字，「吳炯丞吳炯丞吳炯丞！」

緊接著，吳炯丞也被拱上了舞台，他一臉興奮帶著靦腆及期待，朝著大家揮手致意，笑臉迎人。

「他已經是這裡的人了啊……」毛穎德喃喃說著，「過去的東西觸碰成灰，不存在也就難以思念，加上歸屬感，難怪進入如月車站後都沒有人出去……」

「也是出不去吧！」馮千靜冷冷一笑，「餓著不死好？還是到這裡好？」

毛穎德冷哼一聲，緊緊摟著她，「回家最好！」

緊接著，有人拿著一個桶子上台擱上了地，吳炯丞看上去也很困惑，左顧右盼的想尋一個答案。

「吳炯丞，即將成為我們比奈鎮的新居民！你將獲得屋子一棟、一筆基本金錢、生活用品，爾後你就要正式工作賺錢生活，成為我們的一份子！」鎮長對著吳炯丞說著，指向地上的桶子，「現在，決定你的職業。」

咦？吳炯丞明顯的錯愕，抽職業？

「看吧，眞以爲在這邊可以白吃白喝一輩子啊！」

「第一週的福利是天堂，不然怎麼讓他們留下來！」

居民們竊竊私語著，毛穎德倒是聽得一清二楚。

吳炯丞沒遲疑多久，就被主持人推著上前，他戰戰兢兢的從中間抽一支籤，全體鎮民屛息以待。

「——拓荒組！」主持人大喊著，「吳炯丞是拓荒組的新成員！」

「噢噢噢！」一旁有一組專門開墾新地的人高聲歡呼著，那群人看起來的確比較壯。

「拓荒要幹嘛啊？」吳炯丞還在那兒不解。

「以後你啊，就要去爲鎮上開拓新地點，建立村子，或是找可以種東西的土壤，這就是你的工作！」鎮長拉過他的手，輕輕的拍拍，「要工作才能賺錢，有錢才能生活喔！」

吳炯丞皺起眉，噢了一聲，腦袋有點迷迷糊糊的。

有人衝到舞台下方吆喝著，拓荒組的人立刻就要迎接新夥伴了！

「接下來——」主持人興奮的喊著，「是眾所期待的——」

「肉！肉！肉！」

馮千靜忍不住打了個寒顫，下午朱大哥殺過來的景象，依然讓她覺得驚恐。尤其是第一刀，她完全感謝她的職業，運動神經比大腦快，否則只怕頸口已經裂出V口了。

「他們不吃肉的嗎？」毛穎德看著興奮的場景。

「我聽吳炯丞說，這裡吃的幾乎都是素菜……但其實蚯蚓算葷食吧？」馮千靜記得那饅頭裡的內容物。

「夠了。」

有節奏的呼喚加上鼓聲助陣，在馮千靜他們看不見的地方，有幾個壯漢正抬著什麼走出，擠在前面的夏玄允跟郭岳洋原本好奇的張望著，但是一看見竹架上的東西時，笑容頓時僵在嘴角。

「……洋洋，是我看錯嗎？」夏玄允連呼吸都快忘了。

「會不會……又是一個我們看見的跟他們眼裡不一樣的概念？」郭岳洋連聲音都在發抖，因為……

那是個人啊！

有個非常胖的人，被兩根竹架擔著抬出來，眞的非常的肥，可能有超過三百公斤重，他瞇著眼，距離有點遠也看不出到底有沒有意識。

他們把那個「人」扛上了舞台，現場歡聲雷動，情緒高漲到一種快暴動的臨界點！

「那是……」連毛穎德都忍不住皺眉，「人嗎？」

馮千靜瞠目結舌，是個人沒有錯，很胖的一個人，放在紅布的擔架上頭，擱上了舞台上架的大桌子……不，是那塊大木板上。

「成先生！您醒著嗎？」主持人走到肥胖人士的前方，麥克風遞了上去。

「嗯……」聲音懶洋洋的，但證實他醒著。

「好！好……」主持人拿起手裡的紙張，「難得的慶典是爲了吳炯丞舉辦的，大家都知道不是每個新人來都能有慶典，眞的感謝吳炯丞，再次給他掌聲鼓勵！」

又是如雷的掌聲，弄得吳炯丞自己都丈二金剛摸不著頭腦。

「而每次的祭典，我們都可以宰殺一個人，讓大家都品嚐肉品！今天，我們抽中的是成先生，更要謝謝他的貢獻！」

「噢噢噢——」歡呼聲蓋過了麥克風的聲音，也蓋過了郭岳洋差點逸出的尖叫。

宰殺一個人？他跟夏玄允驚愕的面面相覷，那是把人當豬養嗎？

鎮長再度上前，現場鴉雀無聲。

「關於成先生的權益，我們還是要宣讀。」老人家說著，「成爲肉品的職業是他五年前抽中的，很快的時間內就過了三百公斤，今晚的抽籤公平公正公開，相信成先生也沒有異議。」

「……沒有。」成先生低沉的回答著，聽起來沒有太多情緒。

「而我們也保證在利用完他的肉之後，一定把他的骸骨放上列車，讓他有一天能回到自己的世界去！」

「我們保證！」台下的鎮民們異口同聲。

「……謝謝大家。」趴在桌上的成先生說著，「我終於……終於可以離開這裡了。」

「我們朱屠夫下午受了傷，今天請另一位楊大哥爲大家分肉！」鎮長回頭，另一個男人持著屠刀上台。

全鎮的居民們都帶著瘋狂的雙眼，開始往舞台前方排隊，他們緊握著空碗或空盤，等著的就是要分食桌上……不，砧板上的肉品。

動不了的人，除了夏玄允跟郭岳洋外，還有剛剛還笑著的吳炯丞。

「走啊！你發什麼呆！」拓荒組的人拽過他，「這是因爲你才有的好康，你得去拿第一份！以後說不定十年內都沒肉吃咧！傻傻的！」

下刀前有儀式，夏玄允不忍再看下去，他跟郭岳洋飛快的回身，後面早已空無一人，因爲居民們都爭著去排隊了！他們衝出廣場範圍，找到了毛穎德跟馮千靜，他們也處在震驚之中，久久無法說話。

「你們……有看到嗎？」郭岳洋整個人都在發抖，「那是個人耶！」

「在他們眼裡是豬嗎？怎麼可以……」連夏玄允都覺得不可思議。

「因爲沒有肉啊！」

喝！毛穎德立刻跳起，拉著馮千靜往後轉，一個纖細的女人不知何時站在他們身後，隱身於黑暗中，馮千靜第一件事是留意她手上有沒有武器。

「妳不去分肉？」馮千靜皺著眉。

「那麼噁心的東西我吃不下去。」她別過頭，「祭典很稀奇，要祭典才能有肉吃，所以大家都很瘋狂……你們放心好了，他們會先把氣管切斷，他不會有太多痛楚。」

「這不是痛楚的問題，這是……」郭岳洋顫抖著深呼吸，「一條人命。」

「是回家。」女人從陰暗處略微步出，她頭髮有幾絲雪白，看上去很瘦，但不到瘦骨嶙峋的境地，「只有他們可以離開這個鎮。」

「是說把骨頭放在列車上嗎？這什麼意思？」夏玄允留意的是這個，「骨頭可以回到列車上，那麼我們也能坐車回去？」

「不，夏天。」馮千靜出聲，她還沒說這件事，「列車是單向停靠，沒有離開的月台記得嗎？」

月台只有一個，但軌道有兩個，另一條鐵軌邊沒有停靠站。

夏玄允顯得有點震驚，「可是，既然如此，又怎麼知道放在上面的遺骨能回去？」

「不知道。」女人冷冷的笑了起來，「沒有人知道啊！但那就是一個希望，就算被活生生的在上面宰殺也要回去的希望……」

她笑著，但是淚水卻滑落了臉龐，眼神裡盈滿的是淒楚悲傷，還有一種深刻的絕望。

「所以……根本沒人知道會不會回去，就算回去了，也只是骨骸了。」郭岳洋喃喃說著，「即使如此，還是要回去。」

「要不是我沒抽到肉品這個職業，我也寧願這樣回去，無論如何都要回去！」

女人低吼著，「你們那個朋友現在還傻傻的不知道，未來爲了賺一分錢、得一份溫飽有多辛苦，這裡活著太苦了……」

仰起頭，她緊閉上眼擠出痛苦的淚水，從她虛弱的聲音能讀到壓抑的痛楚。

「我不懂，如果可以把人養到這麼肥，糧食應該很夠，大家公平分配就好，何必要把人養肥來殺？」毛穎德思緒很快的清明，「做這種殘忍的事，屠殺同類分食？而且照剛剛的說法，只怕被養的還有很多位？」

「是你們不懂，這是如月車站啊！懂日文嗎？」女人握拳在胸口低吼著，「如月的日文發音就像鬼這個字啊！這是個鬼的世界！」

夏玄允蹙眉，首先搖了搖頭，「這不是鬼，這是都市傳說！」

「呵……呵呵……我就聽說有個幾乎無違和感的人進來，就是你吧！眞妙，明明不是我們的人，卻怎麼看都像我們的人……」女人打量著夏玄允，「看你們這樣子，也是爲了她進來的！」

毛穎德下意識摟得馮千靜更緊。

「如月車站不是要進就可以進的，你怎麼辦到的？」女人又上前一步，馮千靜立刻打直手臂，拿著霓彩棍在前，「……噢，不必這麼凶，妳眞的是有史以來最凶的，也最厲害……」

「那個……」郭岳洋禮貌的舉手，「我想請問剛剛的問題……」

女人平復了幾秒，點點頭，「這個世界並不是公平的，養肥肉品的食物只有他們可以吃，食物只能在飼養場中打開，也只有職業是肉品的人能食用。」

「所以有人會送食物來？」夏玄允雙眼一亮，這表示有別的聯外交通！

「是，如月車站。」女人幽幽的說著，「列車不定時會送來食物，車站會打電話上來，我們便派人去領食物……曾經有人忍不住飢餓偷偷打開過，食物就會腐敗風化。」

「啊……我早上有看見一台貨車，就是運送糧食的嗎？」

女人點點頭，「糧食有分給肉品食用的，還有給我們的，給我們的數量很少，大家都很珍惜食用。」

「有點變態的規則！」郭岳洋忍不住嘀咕，「多的食物就分給大家就好，不管是什麼，離不開至少也能在這裡活下去啊！」

「沒錯，刻意讓某些人被養肥，讓其他人覬覦他的肉！又讓這些人因爲遺骨可能回到現實生活的夢，讓他們甘願爲他人俎上肉！」馮千靜厭惡極了，「這眞的太變態了。」

「呵……哈哈哈！」女人笑了起來，「所以這是如月車站啊！這是個能把人變鬼的世界！」

後方起了騷動，在領肉的過程不知道發生什麼事，一堆人打成一團，像是在搶食物的樣子。

「你們還是提高警覺吧，一口氣四塊鮮肉……非居民不受管制。」女人幽幽出聲，「今天午夜前如果沒有列車進站，就表示不允許有祭典，女同學確定沒有了，今天這三位男生如果也沒祭典，就代表不會有肉吃。」

「肉……」夏玄允怎麼想都覺得噁心。

「對，下次有肉不知道是什麼時候，但現在有四個現成的。」女人微微一笑，「你們不會以爲一個三百公斤的肉塊大家就滿足了吧？」

「那萬一我們之中有人會抽到肉品這個職業呢？」夏玄允提了可怕的問題。

「肉品雖不少，祭典卻不是常有，根本都不夠吃，養肥又需要三年以上，還不如現宰現吃！」女人聳了聳肩，「而且你們應該知道，你們讓人戒心十足，我聽見他們在私下討論，光是小靜拒吃食物這點，就足以讓全鎮的人警覺了。」

毛穎德疑惑的看向馮千靜，她顯得有點不快，「他們一整天都在逼我吃東西，我早上打了幾個人，剛剛又……就那個朱大哥砍我之前，我才剛打倒幾個爲了逼我吃東西的人。」

「因爲吃了這邊的食物會慢慢歸屬，不吃就表示妳有抗拒。」郭岳洋頓了幾秒，「妳知道的嘛！」

夏玄允高昂了下巴，他們都知道！

都市傳說的世界他們去過幾個，而小靜有遇過飲食這檔子事，爲了讓被抓走的女孩不要餓肚子，她特地帶了食物過去，結果那女孩吐了一地，因爲她已經不再是原本世界的人了。

所以他們都知道，到了都市傳說的地盤，最好什麼都別吃，還是自己準備好食物妥當。

「大家都感受得出來，既然選擇離開如月車站，又上山了，所有人都會視你們爲這裡的一份子。」女人冷冷哼著，「先給你一星期的蜜月期，待你和善、關心備至、吃住免錢，直到你成爲這裡的人，再也出不去爲止……但是你們抗拒得太明顯，會變成麻煩的。」

「所以乾脆吃掉我們比較快？」毛穎德瞇起眼，「我們可沒兩百公斤，是能吃掉多少？」

「重點是新鮮的肉啊！好像在這個世界裡，肉是極端美味！今天下午朱屠夫不就忍不住了！」女人打量了馮千靜，「妳看起來很精實，所以就只是一種想吃肉的慾望……而且，每次祭典過後，大家吃了肉後總會瘋狂。」

所以人人都在覬覦新鮮的肉，三百公斤每人也只能吃一點，下次祭典天曉得是什麼時候？如果分食非居民不算觸犯這兒的法則，那麼這四個會抗拒的人，不是正好嗎……

「妳爲什麼要告訴我們這麼多？」夏玄允好奇的問著女人，「小靜，妳認識她嗎？」

馮千靜搖搖頭，「這幾天我連看都沒看過。」

「妳如果以爲妳可以趁機先吃到我們，那可能需要三思，我跟她不是這麼容易入口的。」毛穎德語帶警告，「小心噎到。」

「我一直都吃素。」她無所謂的聳聳肩，「我只是想離開這裡。」

馮千靜有些錯愕，「妳……妳在這裡多久了？妳知道妳如果要離開的話……可能……」

她語帶保留，這個女人知道自己的狀況嗎？

「十幾年了，我知道離開後我可能會餓死，或是餓不死，成爲月台上的行屍走肉，也永遠上不了車……」她雙眼帶著希望，「但我還是想離開這裡！」

「這太詭異了，在這裡有地方住有東西吃，妳怎麼會想離開？」夏玄允打量著她，「妳的歸屬呢？」

「不是每個人都會有歸屬感的！你們知道我是抽到什麼職業嗎？」她突然激動的說著，「我負責照明……什麼是照明，我睡在發電機邊，我們要隨時注意電力不能中斷，一旦有問題，我們得用人體去接電……」

郭岳洋皺起眉，「人體？」

「對，把自己當導電體，供應全鎮的電……上個供電的還在上頭，供電者死不透的，等到下一個輪值的人上去後，再把現在這個抬回家裡休養，直到恢復。」女人開始落淚，「後天，後天就換我輪班了，那條供電線不修好，我就得在上面一個月！」

很玄的事，但是沒人會反駁都市傳說裡發生的事，連在鐵軌上的人都還活著了，其實沒什麼意外……只是通電一個月，那痛楚應該是正常人難以想像的。

「眞可怕！一次一個月嗎？」夏玄允有些同情，「所以妳寧願……」

「你們不懂聞著自己肌膚被燒焦的味道是什麼感覺……我寧願飽受飢餓，我甚至願意冒險跳上列車！」她瞪大渴望的眼神倏地往前衝，「就一個條件，帶我走！」

馮千靜的霓彩棍抵住她的喉口，不讓她再往前一步。

「我們連自己都不知道該怎麼平安離開了。」她蹙著眉。

「你們會試。」女人指向了入口的方向，「鎮上的出入口只有一個，道路也只有一條，就是妳那天開車上來的路。」

「門口有人守著。」郭岳洋低語，「還得先經過警局。」

「光人海戰術就會先包圍我們了吧！」毛穎德挑了挑眉，「不是有車子嗎？車子呢？」

「車子停在外面，鑰匙在……鎮長身上。」女人謹慎的說著，眼神一邊往後，「有人注意到你們了。」

「去！」毛穎德冷不防把夏玄允往人群那邊推，「你們兩個快去做公關！」

不管是要怎麼耍白痴都可以，盡量分開注意力。

郭岳洋勾起微笑，跟夏玄允一左一右的朝著留意他們的人們跑去，「好好玩喔！你們在幹嘛？」

「如月車站打電話通知有人下車後，車站會通知警察，警察再去跟鎮長申請鑰匙，由負責的接送人去找人。」女人飛快的說著，「接送是大家輪流，因爲那是唯一能離開鎮上、稍微出去透氣的時間。」

「那爲什麼妳不趁機離開？」毛穎德狐疑的問。

「我不會開車。」女人很無奈的說著，「而且我不吃肉，大家對我也有防備。」

「歧視啊！」馮千靜嘖了一聲，「我打算徒步，我不打算開車離開。」

這下換毛穎德吃驚了，「走下去要多久妳知道嗎？尤其誰曉得中途有些什麼！」

「我怕我一拿到車鑰匙就化成灰了，你知道嗎？我發現關鍵性重要的物品，這個鎮根本不會讓你碰！」馮千靜嘆了口氣，要是可以，她也去搶啊！

「沒錯，從登記開始，你們就算半個鎮民，如果再繼續飲食，就能慢慢歸屬於這裡。」女人幽幽的說，「舉凡能讓你們與原本世界連結的東西，都不會讓你們有機會使用。」

馮千靜微瞇起眼，「所以我可以碰其他物品，但是……硬幣不行，因爲我可以打電話？」

女人微笑點頭，「無形的力量掌控著一切，最後除了歸屬外，誰都無法掙扎。」

「如果重要物品都變成細沙的話，我們該怎麼走？」毛穎德陷入苦惱，因爲這樣說來，去搶車鑰匙也是沒用啊！

此時，在他們面前的女人揚起了得意的笑容。

「這就是你們絕對需要我的原因了。」

噢噢，她是這裡的居民啊！

「好，會帶妳走，想走沒有不帶的道理——但只能保證帶妳離開這裡，後面的事我們自己也不知道。」馮千靜單方面承諾了她。

「我知道。」她難掩喜悅。

「如果每個人都懷有希望……我看大家開車出去後，也是乖乖回來，沒人像妳一樣想離開啊……」

「那天接我的司機沒回來，他們還說他傻呢。」馮千靜淺淺笑著。

「是啊，傻。」女人聳肩，「離開這裡就沒東西吃，也不一定能回去，這還不傻！」

「只能暫時信妳了，所以現在？」天已黑，現在走不是時機。

「午夜前如果沒有列車來，我推測就會有人行動，你們在警局門口等著，我會做暗號。」女人說著，「下一步是搶鑰匙，但碰鑰匙的只能是我。」

「還得有人去偷車，跟解決守衛亭的人。」馮千靜看向毛穎德，「我們得分開。」

毛穎德立刻深吸一口氣，緊扣她的肩頭，「我不想跟妳分開。」

上次分開後，下一次聯繫就在如月車站，那感覺太痛苦了！

「不會有事的！」她逼自己堅強，「誰都不准有事。」

女人看著他們，心底有些羨幕，這三個男生是刻意進來找她的……到底是怎麼進來的？如月車站能這樣自由進出嗎？

如果時光可以倒流，她永遠都不想搭上那班車！

「嘿嘿，大家要喝酒跳舞耶！」夏玄允他們興高采烈的吆喝著。

郭岳洋奔回他身邊，扣著馮千靜乾嘔，「……好噁心，他們有的人生吃，有人把肉帶回去說要煮……」

「我叫洋洋別看了，他就硬要看！」連夏玄允都皺眉，「他們要我們一起去玩，等著午夜。」

「拒絕，跟他們說你們累了，千萬不能待在廣場。」女人低下頭，「最好回警局，然後注意自己的門不要被鎖死……我得走了。」

「等一下。」馮千靜上前，「還沒請教，我是小靜，這是毛毛、夏天跟洋洋。」

女人回頭，破敗的方巾蓋著自己的臉，沒有伸手互握的意思。

「我叫羽澄。」

第九章
最後的會議

午夜十二點，沒有列車進站。

無論是馮千靜，或是今天來的三個男孩，都不會有任何祭典。

毛穎德站在警局門口，他可以感覺到警局裡的警察顯得有點緊張，他們接了通電話，下意識瞥了他一眼，他只是站在門口，聽著喧鬧結束，羽澄緩緩經過警局門口，悄悄的搖了搖頭。

列車沒來。

他轉身走進警局，微笑的對著陌生值班的員警頷首，「晚安。」

「晚安。」警察對他擠著笑容。

「啊……對了。」毛穎德突然又止步往回走，「我很好奇，鎮上好像沒有旅館什麼的？」

「啊?沒有耶，我們這裡不會有人來觀光啦！」一個年紀比較大的警察說著。

「所以讓我們住警局啊……沒，我只是好奇，像我們也算觀光客吧！」毛穎德笑著，「我還以爲是會發生什麼事，才讓我們住警局，警察先生會保護我們呢！」

警察的笑容明顯僵住，但還是努力端著。

「在這裡也是……安全點啦！」另一位年輕沒見過的警察尷尬的笑笑，「你們就好好在這裡休息吧！」

「晚安，謝謝！」毛穎德帶著笑容，轉身朝後面的房間走去。

夏玄允就等在走廊門口，一看見毛穎德搖頭就知道大事不好，他立刻回頭對著房裡的郭岳洋打暗號。

「沒有嗎？」馮千靜也走出房間，「他們今晚會動手？」

「在警局的話應該暫時安全，只擔心他們會窩裡反。」這是羽澄說的，她說今晚還能待，鎮上的人不習慣在夜間行動。

讓他們睡在警局裡，是因爲警局裡有一定的法則在運行，但除非他們接下來完全不離開警局，否則危險依然存在。

尤其，當他們想離開時，警局距離門口尚有一百公尺的距離。

明天是馮千靜來這邊的第三天，食物滴水未進，毛穎德他們就更別說了，根本就是活色生香的鮮肉們，只要大家說好，對鮮肉的慾望高漲，把他們當街剁了都不違法。

夏玄允及郭岳洋一直待在裡面沒出來，晚上他們用手機跟林詩倪及阿杰聯繫，百分之九十都在炫耀他們進入了如月車站、到了比奈鎮，其他就是交代這邊的狀況後，爲了怕沒電所以很快中止聯繫，郭岳洋抓準時機趴在地上認眞寫他的紀錄本。

因爲他們聽到女人的名字後，整個都傻了。

羽澄，就是十幾年前第一個在網路上爆出如月車站這個都市傳說，穿過隧道、上了陌生男人車子後，再也沒出現的女人。

「眞不敢相信，她在這裡十幾年了……」郭岳洋其實心裡很難受，「每天都想著要離開啊！」

「因爲進來後過去的一切都消失了，也不可能再回到如月車站，就算這裡有WIFI，沒手機也是枉然。」馮千靜倒是眞的沒想過，這裡可找到當年那位羽澄。

「我想知道她在這裡發生的所有事。」夏玄允很認眞的說著，「還是我們後天再走，明天讓我們訪問……」

聲音越來越小，因爲毛穎德跟馮千靜的眼神刀已經扔過來了。

「我也好想知道喔！」郭岳洋跟著在那邊應和，「這個比奈鎮的所有事情，如月車站跟鎭上怎麼聯繫的……」

「先想一下怎麼離開！」馮千靜打斷了他們兩個對都市傳說滿滿的愛。

毛穎德看向夏玄允，對，怎麼離開？

「怎麼進來的就怎麼離開囉！」夏玄允從口袋裡拿出他的鑰匙圈。

郭岳洋看著那串叮噹響的鑰匙圈，心裡極度不安……夏天好像沒有意識到，剛剛羽澄說的話。

夏天跟這裡無違和，竟可以依意願進入如月車站，這倒是不太意外，在消失的房間時就是如此了。他一直覺得聖誕老人給的那個鑰匙圈很棒，但是現在仔細想深一些，又會感到不安。

爲什麼聖誕老人要給夏天那個鑰匙圈啦？雖然他也覺得很方便，但是……都市傳說不會不爽嗎？像消失的房間裡，那一間間移動的房間才帶走一個人，卻會在夏天的強制下送回來。

例如血腥瑪麗，她被召喚出來後得意的呼風喚雨，卻也在鑰匙圈的敲擊下硬被送回去，萬一下次有機會再出來，她老人家也不會太高興吧！

再例如這個神祕的如月車站，如月車站上方的比奈鎮，夏天簡直像是個光明正大的入侵者。

善用與擅用，一念之間而已，如果他們能順利離開，他得考慮叫夏天不要一直帶著那個鑰匙圈了。

「今晚還是休息吧，如果要離開這麼困難，明天說不定是場硬仗。」馮千靜頓了兩秒，「保持警覺的休息！」

「沒問題！」夏玄允不知道在自信什麼的。

連郭岳洋都帶著憂心的眼神瞅著他，「你怎麼都不害怕的啊？」

「爲什麼要怕？」夏玄允瞇起眼，「我們有毛毛啊！」

呃……才轉身的毛穎德怔了一秒，再度回頭，「我今晚跟馮千靜一間。」

兩個可愛的男孩瞬間回頭，抬首愣愣的看著一臉理所當然的男人，「什麼？」

「晚安。」馮千靜淡淡扔了一句，鑽進毛穎德欲摟的手臂下，兩個人就這樣走出房門，進入了對面房間。

郭岳洋蹙起眉心，哀怨的望著夏玄允，「可以開始擔心了嗎？」

「毛毛居然把我們扔下!?」夏玄允不可思議的用氣音嚷著，抗議啦！「跑去跟……現在這什麼時候什麼狀況？」

「厚！他們只是想把握時間在一起而已啦！」郭岳洋推了夏玄允一把，「差點就以爲見不到了啊……」

夏玄允勾起不懷好意的嘴角，「說的也是，這邊隔音也不是很好……」

「被小靜聽到你就知道了。」郭岳洋挑了眉，嘆氣中起身，到窗邊確定窗戶的緊閉。

夏玄允怎會不知道他們思念彼此的心情，尤其在這之前一個月，他們幾乎是斷絕聯絡的狀態啊，彼此都在忍耐，一邊要答案，一邊卻給不起。

他認爲小靜還是喜歡毛毛的，只是她畢竟不是一般學生，就算是個格鬥運動員，代言後也多少有藝人跟公眾人物的身分了……更別說，小靜眞的很正，受矚目是自然的。

她背後有廠商、有合約、也有瘋狂的粉絲，許多事會讓她身不由己，加上那個大家都很不順眼的經紀人，天曉得給小靜施加什麼壓力。

「外面好像有人！」郭岳洋蹲回來時，附耳在夏玄允身邊說著。

「是嗎？」夏玄允抬首回看，「要不要突然開窗嚇他們？」

「……」郭岳洋噘起嘴，「你很幼稚耶！」

夏玄允可是很認眞的啊，但如果這裡的人想對付他們，晚上多派幾個人看著也是合理的啦。

「你眞的知道怎麼出去嗎？」郭岳洋好一會兒後，悶悶的說。

夏玄允望著他，雙眼熠熠有光。

「我們從來沒有知道過，不是嗎？」

寂靜的夜，鎮上的夜不同於學校附近，靜謐怡人，角落擱著面向牆的燈，充當小夜燈使用。

毛穎德正緊繃著身子，枕在柔軟的大腿上。

不確定他們何時能離開，在能休息的時候，他便不密集施打麻醉，藥劑有限得花在刀口上，在能忍受的前提下，他必須忍。

「我覺得夏天不知道該怎麼離開。」靠著牆坐著的馮千靜平靜的說著。

「無所謂，都市傳說的事，我們哪次有十足的把握了？」痛楚是漸漸傳來的，目前還在能忍的範圍內，「哪次不是橫衝直撞！靠著那一點點運氣平安過關！」

「運氣有沒有用完的一天呢？」她的手在毛穎德臉上，輕輕撫摸著，「其實你們誰都不該進來的。」

「不可能。」毛穎德闔著雙眼，輕笑，「雖然只是室友……」

啪！溫柔的手瞬間拍了他的臉頰，「喂！」

毛穎德一臉無辜的轉過來，向上看著那難爲情的臉，「有沒有搞錯啊？我覺得我挺委屈的，說室友的是妳耶！」

「你煩不煩，你明知道我——」馮千靜深吸了一口氣，自己都說不出口，

「好，我承認我有想分手！」

毛穎德沒生氣，再度側躺回去，「我知道，不然妳不會冷漠成那樣。」

「我壓力很大好嗎！我想讓彼此冷靜一下也好……」她很老實，「等風頭過了，你要是繼續喜歡我，我們就再繼續。」

「妳眞的很泰然。」完～全沒想到他這一個月是怎麼過得就是了。

「不然我能怎麼辦？硬碰硬只是兩敗俱傷……賠償、道歉，你們沒面對過媒體，後面會更可怕！」馮千靜很是無奈，「那天在教室裡，我會說那樣的話，是因爲有人在拍……你知道的，現在沒有一個地方是安全的。」

「有啊，這裡。」毛穎德忍不住噗笑出聲，「來到如月車站，居然換得一時平靜。」

對耶！馮千靜轉念一想，要不是來到這裡，他們哪有辦法這樣膩在一起！根本要見上一面都有困難。

「有時還眞想這樣遺世獨立……我突然懂當初隙間女說的了。」馮千靜嘲諷著，「那時的我覺得荒唐，現在卻非常明白，人……都有希望什麼都不管、逃避

一切的時候。」

「這種想法一下下就好。」毛穎德明白，因爲他也很喜歡很喜歡現在這樣的寧靜。「嗯……」

馮千靜有點緊張，俯首問著，「很痛嗎？」

「開始了，沒關係……我很能忍的。」他其實已經很痛了，但只要現在不活動……他還能撐。

馮千靜感受著繃緊身子的毛穎德，她知道他在說謊。

但她不多說什麼，輕輕的扳過他的臉，低首吻了上去。

如月車站上的比奈鎮，在這黑夜裡有風聲、有蛙鳴，清脆響亮，與平時的村鎮並無二致。

「你知道我喜歡你的對吧？」

吻戰稍歇，她略離開他唇。

「知道。」他劃上滿足的微笑。

「還痛嗎？」

「有妳在，我不會痛。」

馮千靜露出難得的甜美，再次吻了他。

她禁不住想，如果……如果真的在這裡生活下去，是不是也不錯？

一大清早天才剛亮，警局就來了訪客，吳炯丞在外頭跟熊一樣來回踱步，緊張的不停搓著雙手。

馮千靜困惑的步出，他才一見到她，就一臉快哭出來的模樣。

「小靜……」吳炯丞緊張的趨前，一旁的警察便開始警戒。

「你怎麼了？一大早的……」馮千靜打量著他，「你臉色好難看！」

「我……我……」吳炯丞不安的回頭看向警察們，馮千靜只好朝警察頷首。

「我帶他到後面去可以嗎？」

「不行！」警察很戒備的瞪著吳炯丞瞧。

「他沒關係的。」馮千靜挑了眉，「我們有四個人呢，而且……他也沒帶什麼凶器啊！」

警察一臉尷尬，飄移的眼神像是在說：妳怎麼知道我們在意什麼!?

吳炯丞就這樣抖著肩，被馮千靜帶到後面去。

毛穎德才剛把睡死的夏玄允踢起來，眞佩服這兩個，前一晚一個眉頭緊蹙、一個說會警備的休息，結果呢？根本睡死。

他快天亮時痛得受不了才打麻醉，勉強睡個一小時，馮千靜大概睡有四小時左右，不過她是坐著睡，大腿也被他睡麻了，兩人都睡得不沉。

看見被帶回來的吳炯丞時，毛穎德倒是很困惑。

「出事了嗎？」他趨前，吳炯丞滿身是汗，該緊張的不該是新居民的他吧？

「我、我覺得好可怕喔！小靜！」吳炯丞下一秒嗚呼出聲，抓住了她的雙臂，「那是人耶，他們切給我一條血淋淋的腿，有人叫我生吃、有人叫我回去滷，還有人教我做成臘肉，說難得有這麼大塊肉要好好珍……」

噢，馮千靜懂了！昨晚的入會儀式嚇著他了。

「你冷靜一點。」毛穎德把他拉起來，不讓他這樣拽著馮千靜，「你遲早得習慣吧，你回不去了。」

「不不不，我想離開！求求你們！」吳炯丞抓住毛穎德，「我知道你們一定會走，帶我走！拜託，我沒辦法在這裡生活！」

夏玄允揉著眼睛走出房間，好吵喔，現在才幾點啊，哪來的哭泣哽咽聲……

「爲什麼一大早就有人在這邊哭啦？」夏玄允睡眼惺忪的看著吳炯丞，「又一個喔！」

「我沒辦法待在這裡，這不是人待的地方啊！而且我也不想去開墾什麼荒地！我不想這樣過一輩子！」吳炯丞激動的哭泣著，「我、我想回去，我想上課，我想林瑩眞！」

郭岳洋跟在夏玄允後面，有點爲吳炯丞難過，「你……你其實不太能回去了你知道嗎？」

「我不管，至少我要離開這個鎮。」吳炯丞昂起頭，「我不能跟你們一起走嗎？又沒人試過，說不定我還是可以一起回去的啊！」

咦？夏玄允亮了雙眼，對啊！沒人離開過啊！

這個鎮上的人說，一旦成爲居民就不能再離開，那也只是「他們說」，有誰眞的去試過？

「對耶！說不定……」夏玄允思考著，「對！沒人試過就該試試看，幸運的話，吳炯丞也能跟我們一起回去！這樣林瑩眞一定會感動死的！」

吳炯丞喜出望外的跳了起來，激動抹去淚水，「所以說可以嗎？可以帶我走嗎？」

馮千靜瞥向夏玄允，郭岳洋在後面遲疑著，毛穎德擺擺手進房收東西，反正不管誰有什麼意見，最後都拗不過夏玄允。

只見夏玄允一彈指，閃閃發亮的雙眼看向吳炯丞，「你得幫忙！」

吳炯丞當然點頭如搗蒜，「幫！我當然幫，什麼我都幫！就是一定要……」

「知道知道。」夏玄允阻止他的激動，「我們要離開還是得開車，所以我們需要車子，因此……」

郭岳洋突然戳了戳他的背，警察就在前面，是不是得降低點音量？

夏玄允立刻拽著吳炯丞到房間裡去，把他加入了搶車計畫裡，因爲要去搶鑰匙的部分由馮千靜負責，毛穎德則留下來協助他們這兩個肉咖奪車，但是他們還需要一個支開看守者與警察注意的人。

他們四個絕對引人注意，而且毫無說服力，如果有一個當地的人幫忙就更好了……可羽澄偏偏得去幫忙拿鑰匙，吳炯丞的出現恰到好處。

馮千靜沒有去聽他們的計畫，只交代吳炯丞要冷靜，他要是冒冷汗發著抖去辦事，白痴都看得出來有問題。

她也回房收拾東西，早餐吃了幾片蘇打餅乾、營養棒一小段，隨手紮起頭髮，備好短棍，還有……她從背包裡的暗袋，取出了匕首。

這是血腥瑪麗事件後準備的，她覺得以他們這種動不動就遇到都市傳說的爛磁場，很多東西還是有備無患，毛穎德的背包裡還有繩子跟登山爐咧，簡直像是逃難標準配備。

他們不是只是去唸個大學而已嗎？

馮千靜先行離開，毛穎德緊握著她的手，沒有太多餘的離情依依。

「等會兒見。」他肯定說著。

「等會兒見。」她揚起驕傲的笑顏，轉身走了出去。

才走到前頭，發現警察剛換班，較熟悉的小能用一種憂心忡忡的眼神瞧著她，「妳、妳要去哪裡？」

「出去晃晃。」她漫不經心。

「那個……待在這裡不好嗎？」小能緊張的問。

馮千靜瞥了他一眼，輕笑，「你好像是個好人啊，但你應該知道，我不可能在這裡待到第七天的。」

「但是……」小能皺眉，不知道該怎麼辦。

「做好自己的事就好了。」馮千靜拍拍他的肩，毫不猶豫的走了出去。

她站在警局門口，對面賣早餐的豆漿婆盯著她的眼神都浮現了貪婪，路過幾個看似散步的人也都用詭異的眼神盯住她。

馮千靜綻開笑容，向鎮上的大家頷首道早，大方的邁開步伐——人生沒有難得幾次有這樣的機會對吧？去哪兒找這麼大的擂台啊！

扭頭往右上方去，羽澄早就在那裡等待，她假意與她無關緊要，當馮千靜一轉身時，她也就跟著移動步伐往前帶路。馮千靜一路閒步，甩動著手上的霓彩棍，今天居民比往常都多，像是剛好遇到假日似的，竟都沒人出鎮，連拓荒組都沒離開。

屋前道路到處都是人，早餐店裡門庭若市，看起來大家也都起得很早。

「小靜早啊！」大嬸擠著慈藹的笑容，捧著熱騰騰的包子小跑步而出，「吃早餐？」

「我吃過了，謝謝！」她清亮的回應著，持續往前走去。

吃過了？所有人不由得面面相覷，她吃了這裡的食物嗎？還是……不管，無論如何，她都還不是這裡的居民嘛！

經過吳炯丞家的岔路後，這兒地勢略高，但依然是非常緩的坡，馮千靜向左上走去，戛然止步，倏地回頭。

十幾個居民來不及閃躲，嚇得僵在原地，他們跟蹤的技巧很差，一瞬間大眼瞪小眼，尷尬不已，馮千靜只是挑著嘴角，計算著距離，正首後持續往上去。

「她是要去哪裡？」

「好像要去鎮長家？」眾人看出了她的去向，「啊啊，進去了進去了！」

彎進鎮長家的小徑，鎮長家沒有她想的豪華，也就跟吳炯丞的房子一般大……仔細想來，這裡每間屋子都一樣大小，這裡某方面而言算是個很公平的地方，職業抽籤制，工作賺錢溫飽，離開如月車站的人，遵守這裡的規則活下來。只是永遠回不去而已。

馮千靜禮貌的敲著門，直接報上了自己的名字。

來開門的是鎮長本尊，他瞇著眼看著站在門口的馮千靜，眼神帶著點狐疑，「小靜，怎麼一大早來這裡？」

「我有事想請教。」馮千靜認真的凝視著鎮長，「打擾您五分鐘。」

「我覺得妳並沒有事需要問我。」鎮長淺笑的嘴角裡有著輕蔑，「你們一開始就沒打算留下。」

「但好像沒有這麼容易，所以我想請教您——從這裡出去的人，能不能再回到列車上？」

鎮長先是驚愕，接著皺起眉頭，「不可能！下了車就不能回去！」

「誰說的？這是確定的嗎？再上去會怎麼樣？」連續逼問，馮千靜往庭院裡又走了幾步。

「如果能回去，大家都回去了！」鎮長有點忿怒，「妳知道我多久之前來的嗎？離開這裡，回到那個月台？當一個死不了的行屍走肉？還是在這裡活下去好！」

「你可以上車啊！下次車子進站時，你上車不就好了！」馮千靜再往前一步，逼得鎮長向後，「車上的時間不是停止流動的嗎？」

「不……我已經下車了，我在那時就做了選擇……」鎮長話說得不肯定，或許連他都沒有想過：爲什麼不行？

下了車，何以不能再上車？

「根本就沒人試過，你們用你們的想法，困住了所有在如月車站下車的人！」馮千靜回頭，確定了這略高的屋子、將鎮長往內逼的角度，外頭跟蹤的人是瞧不見的！

下一秒，她立刻甩棍朝鎮長的喉結擊去！

咚！鎮長狠狠倒抽一口氣，聲帶受擊喊不出來，連呼吸都困難，摀著喉嚨向後退，馮千靜趕緊上前及時攙住可能會往後直接撞地的他！

「羽澄。」她回頭低語，羽澄從邊角探頭，「鑰匙在哪裡？」

「我沒被邀請，不能隨便進入他家。」羽澄招著手，「妳把他拖到門口。」

「厚！」早知道就不要逼得太裡面了！馮千靜趕緊拖過鎮長到門邊，羽澄俐落的蹲低身子，在鎮長的衣袋內找到了鑰匙。

鎮長瞪大驚恐的眼神看著馮千靜發抖，不需言語也看得出他的眼神：妳們要幹嘛!?

「車子借一下，您就在這裡好好休息吧。」馮千靜把他拖回屋內，放在庭院裡，「我們要離開這裡，也會離開如月車站。」

鎮長搖著頭，不可能！那是不可能的事。

馮千靜起身退出鎮長家門口時，羽澄已經先從別的地方走了，她將大門好整以暇的關上，回身從來時路離開。

沒走幾步，適才那群跟蹤她的人就已聚集在路口，放眼望去人不多，都是男人，十餘名而已，或拿菜刀、鋤頭、斧頭，用極度渴望的眼神望著她。

爲什麼這麼少人？她以爲人會更多的？分散了嗎？還是某一部分去守著毛穎德他們？

也對，四塊肉，是得多花點氣力。

「吃掉非居民不算犯法！」第一聲喊出來時，那男人還嚥了口口水。

「對！肉啊，大家可以分食掉他們！」後面一陣歡呼，「妳放心好了，同學，我們會先切斷氣管的，妳很快就沒感覺了！」

「哼。」馮千靜嗤之以鼻，「昨天那砧板上的男人只是聲帶被切斷了叫不出來而已，千刀萬剮的痛根本是存在的！」

問問鐵軌上那些殘塊，他們還痛不痛啊？

「快點！抓住她！」持斧頭的男人大喊著，「記住，不能私下割肉，大家說好了要均分的！」

「均分——」

馮千靜站穩身子，闔上雙眼深呼吸一口氣。

這，可是她人生中最大、也絕對不能失敗的擂台——ROUND 1！

噹——

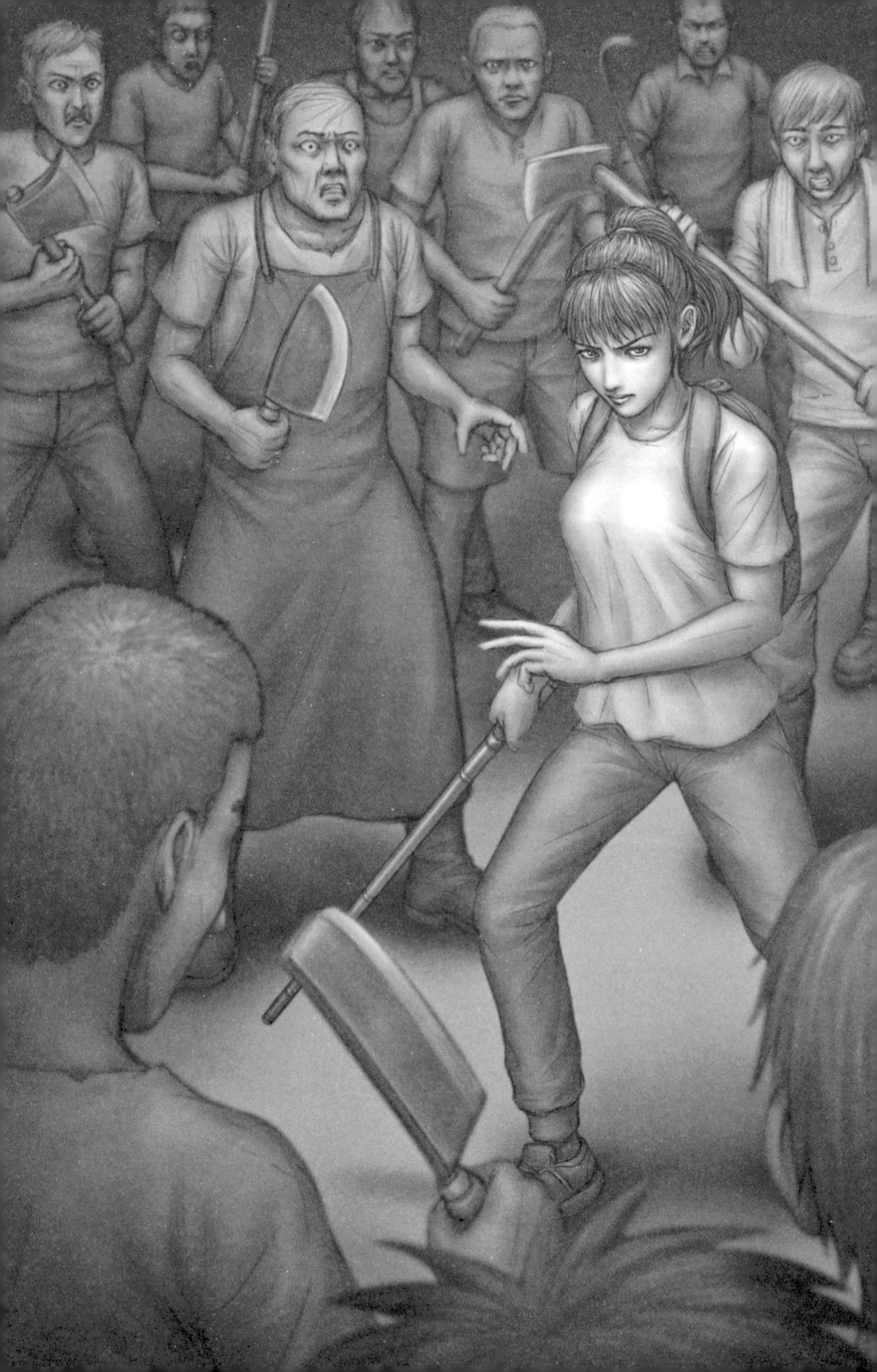

第十章 突圍

「打起來了！那邊打起來了！」吳炯丞驚恐的衝到前頭，「有一堆人在攻擊小靜！你們快去救救她啊！」

小能衝出警局外，「什麼？」

對面豆漿婆淺淺笑著，「急什麼！殺非居民你們可管不著……小能啊，管好你家的客人比較重要喔。」

咦？吳炯丞看著前半段這些八風吹不動的人，果然他們也兵分兩路了。

「我說錯了，是那些人被打得七葷八素啊！」吳炯丞緊張的大喊，「他們的手腳都被砍下來了！」

「什麼！」一時之間，原本坐在豆漿店外的人都跳了起來，「那個女生也太厲害！」

「快！先一波人過去！」幾個男人帶著菜刀就趕緊過去，「才一個女孩子怎麼這麼費事？」

「這邊三個要看緊啊！」到口的鮮肉可不能跑了啊！

前面一陣混亂的同時，毛穎德扶著夏玄允從他們房間的窗戶安全爬出，從警局側邊離開，再由後方繞行，得繞一大圈沒錯，但至少能避人耳目。吳炯丞回頭瞄向看守亭，只是不管怎麼繞，車子就在守衛亭邊，不把守衛支開是不行的。

「你們為什麼要殺小靜？她是我朋友啊！」吳炯丞開始拉開分貝，往豆漿婆那邊去，「為什麼不等七天後，大家一起生活？」

「你懂什麼！肉啊肉——我在這裡待了幾十年了，肉有多難得你知道嗎？我要吃肉！」豆漿婆氣急敗壞的怒吼著，「你朋友？你朋友一看就知道有問題，我在這裡這麼久了沒看過如此抵抗的人……有的人終生都不認命，只會給大家帶來麻煩！」

「然後呢？你們想幹嘛？」吳炯丞哽咽的問。

「吃肉啊你傻了小子！你夠好運了，一進來就能吃這麼多肉，要珍惜！」豆漿冷不防從桌子下拿出一把菜刀，「我已經想好要怎麼保存那些肉了，我得留著慢慢吃，天曉得下一個進如月車站的人是誰、會不會有祭典！」

吳炯丞瞪大眼睛看豆漿婆，看著她桌上那把刀，看著後面一堆渴望吃肉的鎮民們，深吸了一口氣——衝上去就翻桌了。

他是真的把豆漿婆營業用的那張桌子整個掀翻，然後再開始東踹西踢，一路往裡頭翻，連別張桌子一起砸！

「你幹什麼!?」

「喂！翻什麼桌啊!?」

吳炯丞衝進棚裡大擾亂，這逼得警察立刻衝上去幫忙，在守衛亭裡的大叔也忍不住出來張望，年輕人就不懂事，十年後他就知道肉多重要了。

了無生趣的在這個地方活著，那肉的甜美令人難忘啊……

毛穎德看著大叔的背影，朝後面打了暗號。

郭岳洋躡手躡腳的穿過樹叢，潛到了副駕駛座的地方，這角度大叔就算轉過來也看不見，郭岳洋就著車門，極為輕巧的扳著門把——喀。

沒鎖！郭岳洋喜出望外的採低姿勢爬進車子裡，回頭朝毛穎德豎起大拇指。

「夏天呢？」毛穎德回頭望眼欲穿，人呢？

「他……叫我先來，他隨後就到！」郭岳洋已經爬到了後座的椅子背後躲藏，他完全不知道夏玄允沒跟過來！

搞什麼東西！毛穎德簡直氣急敗壞，這讓他暫時上不了車啊，夏玄允！

「小靜眞的出事了嗎？」郭岳洋用氣音說著。

大叔轉身，走回亭子裡。

「噓！」毛穎德立刻滑坐下來，他也待在副駕駛座那側，車門已經關妥，郭岳洋藏在後座底下，一動都不敢動。

大叔站在門口稍微望了一眼，才想回身走進亭子裡，遠方就傳來激烈的哨音——嗶——嗶——嗶！

「喝！」馮千靜由後纏上男人的身體，長腿勾住他的身體，扭身往地上轉去，也一起將男人捲上了地。

一落地立刻躍起的她，助跑衝向正前方還在驚愕的男人，直接把他當路一般踩上身體，踢掉他的手中的刀後，再拿短棍狠擊天靈蓋。

對敵人仁慈就是對自己殘忍，這是絕對不能輸的擂台！

這群沒吃肉的傢伙，怎麼可能贏得過在重訓的她啦！武器再厲害都一樣，他們跟如月車站裡的飢餓人又不同，那群人是在生死之間徘徊，嚴格說起來人不人鬼不鬼，但鎮上的人不同，他們跟正常人類似，像生活在另一個空間的人。

苦力做得再多，也沒她來得強壯，因為他們糧食有限，蛋白質有限！

都市傳說，本來就是另一個空間的事！

「閃開！」馮千靜右手一揮，打裂了某個人的顴骨，勢如破竹的一路往前。

再長的斧頭她都能閃躲，再大的鋤頭都會被她擋下，而且為了減少敵軍，只要能力所及，她只要出手，就不會讓他們在十秒……十分鐘內起來。

「我只是要離開而已，不要自討苦吃，被我打斷了腿很難生活喔！」她邊說邊警告著，右後方冷不防衝來一個偷襲者！

馮千靜沒有回頭沒有閃躲，她是直接往前衝，嚇得前方面對她的人反而步步後退，後方的偷襲者卻追不上她，只見她衝到轉角後蹬上一旁的樹木，扭腰旋身一轉眼就向後，拿著短棍就著對方的頭就使勁擊下！

「喝！」中氣十足的大喝一聲，短棍正中頭骨一路走下前額，持刀的男人手一鬆，整個人往地上撲去。

馮千靜俐落著地，嘖，樹幹還是沒有擂台上的繩網彈性來得佳，不過還行啦！

她不想撿地上的武器使用，太長太短用得都不順手，還是短棍適合她，用起來順手許、多——正擊腹部中央，再直接順勢向上掃向下巴，這位大媽慘叫不止，血珠四濺。

「打女人啊妳！妳連女人都下手這麼重！」有女人哭喊著，抱住滿臉是血的大媽。

「呵。」馮千靜甩弄短棍，「我本來就是打女人的好嗎！」

女子格鬥賽，她能跟男人打嗎？

遠遠看著下坡處那該是出入口的方向，車子都到手了嗎？羽澄鑰匙遞過去了嗎？

守衛大叔已經離開亭子範圍了，毛穎德趁機往後面的樹林間跑，啊夏玄允人呢？

此時此刻，趁著大叔不注意，吳炯丞繞過柵欄跑了過來。

「吳炯丞！」毛穎德繞了回來，「你有看見夏天嗎？」

「嗄？沒……沒有啊！」吳炯丞也竄到副駕駛座邊，「小靜好厲害，根本沒人攔得住她啊！」

「那當然！」車子後座的男孩驕傲的抬起頭，「她可是小靜！」

毛穎德扯了嘴角，叫他躲好。

「羽澄呢？有看到人嗎？」毛穎德再問。

「羽澄？」吳炯丞一陣錯愕，「那誰？」

咦？毛穎德瞄向後座的郭岳洋，他們沒跟吳炯丞講羽澄的事啊……講了他也不認識！「算了，我得先上車，你躲到後座去。」

「好！」吳炯丞以蹲踞之姿螃蟹學步的先閃開，任毛穎德小心的打開車門，郭岳洋在後座偷偷抬首把風。

沒事，大叔還在看戲……還在……

「咦？」郭岳洋一征，「毛毛！」

什麼!?毛穎德猛然抬頭，先是看見正前方一大堆人朝他們衝來，眼尾餘光掃向車子後照鏡裡，那一把亮晃晃的菜刀——郭岳洋用力推開車門，朝吳炯丞的身體撞去！

這一下讓吳炯丞失去重心，導致劈下的刀路瞬間失了準頭！

「哇！」吳炯丞往旁一摔，但立刻不死心的跳起，手持豆漿婆剛擱在桌上的菜刀就往毛穎德劈來！

毛穎德此時已經進入車裡，上半身躺在副駕駛座上，雙腳就著車門一蹬，再以車門為武器，踢開了吳炯丞。

「你幹什麼！」毛穎德滑坐下來，看著踉蹌而退的吳炯丞。

他的眼神，看起來令人發寒啊！

「給我吧！給我肉！你們不知道那有多好吃！那是我吃過最好吃的東西！」吳炯丞扯開嗓子瘋狂大喊，「快點——他們要偷車！我說得沒錯，快把車子包圍起來！」

一堆人手持刀具的往車子這邊衝來，毛穎德當機立斷，一秒下車，把車門甩上，「郭岳洋！鎖上車門！」

「沒用吧！」郭岳洋大喊著，玻璃是可以被敲破的好嗎！

毛穎德一出車門迎向的就是吳炯丞，吳炯丞並不瘦弱，但是在一百八十七公分高，以及跆拳道三段的他面前，根本還是不夠看！

三招內瓦解他的菜刀，而且順勢奪了過來，轉過刀柄將刀背向外，由上而下逐一敲擊吳炯丞的關節——頸、胸肋、背脊、腰、腿、腳板，再從雙腿間毫不猶的衝向胯下！

「哇——」最後那記讓吳炯丞生不如死，蜷著身子倒地哀號！

毛穎德甩掉菜刀，他不是個習慣用武器的人，從車前蓋滑到車子左側，擋到了所有人面前。

英姿煥發、毫無懼色，雖然他只剩右手雙腳可以用，但還是綽綽有餘……吧。

「這個也會嗎？」有人看見他剛剛ＫＯ吳炯丞的動作有些錯愕，「這是怎麼了？這次下車的人爲什麼這麼勇？」

「是人選擇下車，不是車子選人啊！」說話的男人緊握著菜刀，二話不說就衝了過來。

郭岳洋知道那些人不是毛穎德的對手，就算毛毛左手不能用了，光雙腳跟右手就足夠……他覺得他要擔心的是他自己啊！

鏘！說時遲那時快，有人擊破了玻璃，伸手就要開門把他拖出來。

因爲毛穎德以一擋百，所以暫時沒人可以越到車子的右邊，他們擊破的是左側的車窗玻璃，此時哪能猶豫啊，郭岳洋不敢待在車內，開了身邊的門一溜煙就下車了。

嗚，爲什麼會有人吃人的情況出現，而且他們還不是喪屍那種不正常的，全是活生生的人類——他一下車就看見還在倒地哀嗚的吳炯丞，不多踩兩腳有點對不起他。

「夏玄允！夏天！」他大喊著，他人呢？爲什麼沒跟上來……是不是出事了!?

「先抓這一個！」有人冷不防從車子後方繞過來，「瘦歸瘦，臉頰肉看起來不錯啊！」

咦咦！郭岳洋嚇得趕緊想在地上找武器，毛穎德分身乏術，他能擋下這些人，但沒辦法顧及郭岳洋！

吳炯丞窩裡反是沒有料到的事！

「躲！跑啊！郭岳洋！」

「不行！我們分散了力量就小了……」郭岳洋踩到了吳炯丞剛掉的菜刀……

好！跟他拼了！

他慌張的拾起菜刀，人家都近在眼前了，也是一把菜刀對準他的脖子砍來，郭岳洋嚇得邊慘叫邊伸手去擋——「哇啊啊啊！」

說也奇怪，他自己也不知道爲什麼右手直接彎了個完美的角度擋住對方的手，還順便移開了些，然後這角度可以讓他順理成章的……郭岳洋緊貼著對方手肘往前滑了一步，又用自個兒的手肘關節正中對方的臉頰！

咦咦！他知道！郭岳洋踉蹌的後退，他的身體有記憶！

這都是陪小靜練習時他很常被揍的招式啊！平時就算他剛剛用一樣的方式擋下小靜，他跟夏天一樣會繼續被小靜揍得七葷八素，現在還沒加扭手壓制咧！

好樣的！郭岳洋整個人變得雀躍，「小靜！謝謝妳！」

嗚，原來每天跟夏天被壓在地上求饒也是有代價的啊！

毛穎德不懂他在喊什麼，但是這種情況下他們只能各自保命，所幸這裡的男人再厲害也是瘦弱，麻煩的是那些拓荒組的比較有力，但他只要借力使力就不太需要擔心。

他現在滿腦子想的是馮千靜、是夏玄允，人在哪裡？還有羽澄呢？沒有鑰匙的話，他們該怎麼離開？

「走開啦！」馮千靜抓過地上不知道爲何散落的椅子，朝前面擋路的人扔去，疾速奔跑的開出一條路。

她已經看見車子了，還有一群試圖拿下毛穎德的人……這邊是怎麼曝光的？鎮民分成兩邊，是早知道他們要來偷車嗎？

「肉——」女人的聲音迸出，馮千靜看見從豆漿棚子旁的樹林間，衝出了拿著鐵條的羽澄！

什麼!?她以霓彩棍相擋，羽澄趁襲朝她眨了一下眼！

噢……她勾起微笑，反握住羽澄的鐵條，連人帶武器的把她往下甩去，這是最快能到下面的方法。

「哇呀——」

羽澄根本是飛滾下去的，跟打保齡球似的還撞倒了一群背對著、正準備輪番對付毛穎德的人群。爲了讓路更寬些，馮千靜再拾起兩張椅凳，繼續往人群那兒扔去。

先是羽澄撞上人們，那群人跟著被撞倒，他們回頭看向摔來的羽澄，緊接著看見的是飛來的椅凳！

羽澄趕緊滾離，那個小靜下手可眞重……她撫著腰站起，趁亂繼續握著鐵條假意喊打喊殺，一路穿過人群，朝著毛穎德奔去！

而車子旁的鎮民在回身時發現了馮千靜的到來，最終來到會合之處，馮千靜前後都是殺氣騰騰的鎮民，老實說，現在的狀況是幾十對三……二點五，郭岳洋只能算半個，她跟毛穎德再厲害，早晚也會疲乏。

「你們走不了的……」大叔舔著唇，「很快的，眞的手起刀落不會痛……」

「又在唬爛，就算不會痛也不想給你吃。」馮千靜遙望著毛穎德，他那邊還有零星的打鬥，羽澄已經蓄勢待發。

「你們自己選擇下車的！到了如月車站，本就該承擔風險！」女人高喊著，「既然不想留下來又回不去，就貢獻給我們吧！」

馮千靜根本沒在聽他們說話，她看著車邊的爭鬥，爲什麼沒有看見夏玄允？

「大家一起衝，他們再厲害也沒辦法面面俱到！」男人們高聲吆喝著，「記得，先砍脖子！」

「再砍腳！讓她不能動！」

「啊啊啊——」爲首的男人爲表勇氣，領頭大喝著，拿的又是鋤頭，高舉著朝馮千靜劈來！

她已經看出他的攻擊路數了，她只要……馮千靜右腳往後伸直，向後滑了幾吋，改變重心，這種亂劈的方式，她隨便一纏都能把他壓制在地。
只要他不停下的話。
問題是男人停下了，他緊急煞車似的突然僵住，鋤頭依然高舉，雙眼卻驚恐的瞪圓，而且眼神不是看著她……是看著比她更高的地方……咦？
戰鬥中不宜回頭，但是連她都聞到了詭異的味道。
「這什麼？」她掩鼻，不可思議。
「……煙！有……」鋤頭男驚恐的指向天際，「那是什麼？失火!?失火了嗎？」
「什麼!?」
正用人海戰術扣住毛穎德的兩個男人瞬間鬆手，所有鎮民驚慌的往馮千靜的方向衝，這兒較爲上坡，大家才看得分明。
其實根本不用看啊，毛穎德皺著眉也摀住鼻子，這煙味嗆人，誰都聞得到啊！
在灰白天空中冒出一陣黑煙，所有人都愣住了。
羽澄回首，緊張的從懷中拎出鑰匙，在毛穎德面前晃。
他頷首，悄悄打開車門，羽澄用身上的披肩掃掉座位上的玻璃碎片，趕緊坐進去。

「先別發動。」毛穎德低語，人還沒到齊，現在發動只是打草驚蛇。

馮千靜近在眼前，他看得見也能協助，問題是夏玄允呢？他看著在天空升起的濃煙，有很不好的預感。

「那邊是哪裡……失火！怎麼會失火!?」鎮民還呆站著，彷彿這輩子沒看過火似的。

「……我們……快去救火吧！」警察趕緊出來，「那裡是不是肉品倉庫啊？還有糧倉啊？」

糧倉！這兩字如雷般打在所有人身上，鎮民們個個臉色慘白，驚叫聲四起，

「水！水——找桶子去救火！」

「那邊也有水管，救火的……救火的去了沒？」

「沒有糧食我們該怎麼辦啊？」

「下次如月車站打來是什麼時候？」

馮千靜在他們恐慌中，小心翼翼的往下走，已經沒有人在意他們四個不夠肥美的鮮肉了，對他們而言，那些肉品跟糧食才是重點。

貧瘠的土地好不容易才能種出的一點點作物、如月車站運送上來的食物，也

全都在那寶貴的糧倉之中。

問題是，是誰燒了糧倉？

「哎！你們怎麼還在這裡啊？」輕揚到可怕的聲音從背後的遠方響起，「你們再不去救，等等就燒光光啦！」

馮千靜回身，看見連跑帶跳走回來的夏玄允，他手上甚至還握著火炬！

毛穎德倒抽一口氣，這傢伙是怕別人不知道他放火嗎？清車內玻璃清到一半的郭岳洋則是喜出望外的看著遠方高處的夏玄允，但看到他拿著火把時臉都綠了。

他們都傻了，更別說整群鎮民了，大家從驚愕到忿怒，找到水桶的手也沒鬆開過刀械，於此握得更緊。

「花時間砍我的話，東西會被燒光喔！」夏玄允用那人畜無害的可愛笑顏說著，「火延燒可是很快的呢，而且你們不是木頭蓋的就是草搭的，我還順便灑了點油……」

「不可能！」小能上前，「你不可能碰得到油，也不該碰到火的！」

不可能……馮千靜在這點上也有疑問……的確不可能啊！

「你是外客，所有會威脅到我們的物品你碰到都會化成灰啊！」這裡都是過

來人，都有手觸成灰的經歷。

想離開、想放火、連想充電只怕都不行，未歸屬前都會化成灰，不讓他們使用，等歸屬後，就開始讓自己原本的東西消失，切斷所有連結。

「才第一天，又沒進食，這是不可能的事！」小能簡直不敢相信。

「我用得可是很順呢！」夏玄允晃著火把，掃向小能，「你們還不去救喔？」

咦！濃煙果然越燒越黑，鎮民們再怒再怨，也不得不放下武器，狂奔過去救火，那是他們的命脈啊！

眨眼間四周都沒人了，或往糧倉衝去，或是回家找盛水的器材，夏玄允輕快的走下來，先是看見一地的狼狽，再看到車子被毀損得淒慘。

「大家都還好嗎？」夏玄允晃著火把的手上，握著那個聖誕樹鑰匙圈。

「我的……天哪……」馮千靜眞的半晌說不出話，「放火這種事你都幹得出來？」

「他們要吃我們耶！比起來是小巫見大巫了。」夏玄允自在的聳肩，「而且非居民不適用於這邊的法則，對吧！」

「夏天！」郭岳洋怒氣衝衝的甩上車門，「回去後，我一定要把你那個鑰匙圈沒收！」

「為什麼？」夏玄允一臉無辜，握著他的鑰匙圈，「沒有這個，我們早就出事了好嗎！」

毛穎德皺起眉，他現在反而有點膽寒，「我支持郭岳洋！我反而覺得再這樣下去，我們一定會出事！」

聖誕老人給那個禮物，簡直就像是……別的世界的東西。

「說不定我們一直遇到都市傳說，是這玩意兒的關係。」連馮千靜都嘖了出聲。

「喂！這明明就是去年聖誕節才拿到的，不要牽拖！」夏玄允咕噥著。

坐在駕駛座的羽澄手都在發抖，這些人為什麼可以這麼泰然？

「我們可以走了嗎？」她不可思議的看著這群人。

「啊！」毛穎德略鬆一口氣，「對！快趁現在……夏天，火把丟掉。」

「踩熄再丟。」馮千靜補上一句，火燒山總是不好，不管這裡還是哪裡。

郭岳洋一直皺眉頗有怨懟之意，覺得夏玄允一聲不響就跑走，還跑去放火都不說，會讓人擔心的啊！

「我坐副駕駛座，妳坐後面。」毛穎德一邊說，一邊繞到副駕駛座去。

「呵……」冷笑聲迎面傳來，狼狽的吳炯丞正攀著樹幹站起身，他的右半身骨頭幾乎都被敲裂了。

毛穎德睨了他一眼，逕自拉開車門。

「我不相信有人能走……不相信！」吳炯丞低吼著，「裡面那個女的，我就不信妳沒聽見天空的聲音，不許走不許走！」

羽澄轉動鑰匙，引擎隆隆響起，她深吸了一口氣回頭看向他，「我聽得見，但我選擇不理會。」

「如月車站不會讓妳走的！如果能的話，這個鎮就不會存在了！」吳炯丞扯開嗓子，「他們要逃了！他們眞的要逃了！」

夏玄允微嘟起嘴，冷不防的把手上的火把朝吳炯丞扔去，「喂！接著！」火把飛越車頂，嚇得吳炯丞手忙腳亂，但他根本接不住——毛穎德上前一步，啪的準確握住了木把。

火燄在吳炯丞面前燃燒，毛穎德接住的距離離他很近，火燄正讓他的前髮燒得捲曲，他使勁拿拳頭往他胸前敲，要他握好。

吳炯丞痛苦的拿左手握住，毛穎德冷冷的望著他，吳炯丞沒有什麼錯，他只是成爲了這裡的人罷了。

進入如月車站，是個再也回不去的人。

的確有幾個人衝出來看，他們又氣又急又惱，但是現在最重要的是失火的糧倉跟肉倉，這幾個非居民已經不再重要了。

羽澄在幾次倒車後，終於順利的將車子調頭，直往山下衝。

「你們趕不及的，如月車站只能下車，誰都不許走！」吳炯丞追在後面大吼，「列車已經來了，你們就在月台上等著被吃掉吧！」

「他說什麼意思？列車已經來了？他怎麼知道？」郭岳洋緊張的把身體探出窗外，「啊啊——我看見了，我看見列車了！」

遠遠的，可以看見那班列車正往如月車站駛去。

「列車出地面後沒多久就抵達車站了！」馮千靜緊張的大喊，「我們開下山要四十分鐘，除非下午還會有一班列車！」

「就算有列車，我們在月台待這麼久，那邊還有一大群飢餓的人在等待！」夏玄允飛快的思考著，「就算我們能阻止那群飢餓的傢伙，可是萬一車子不來呢？」

「有多少飢餓者我們並不知道，但是他們力氣非常的大，不是我們能應付的！」這裡只有馮千靜跟他們對戰過，「瘦成那樣卻用兩根手指就可以把釘在月台上的椅子拆掉！」

一車的人都錯愕的看向她，兩根手指拆掉椅子？這要是被抓到隨便一折就可以折斷他們的骨頭吧！

「會來得及的！」開車的羽澄大喊著，「我不會再回去的，我死都不會再回去！」

列車持續往前開著，就算現在開車從路邊的山崖衝下去，都不知道來不來得及！

一車子裡的人還在思考，眞的沒有任何方法在列車抵達前到月台！

但夏玄允根本沒在想，坐在中間的他，攀著兩張前座椅子，緩緩挪前坐直身子，他爲什麼覺得前方道路有一點點奇怪？

「喂！妳不覺得路有點怪嗎？」他拍拍羽澄。

「什麼!?」羽澄根本滿腦子都在吶喊，她要回家、她要回家！

毛穎德回頭瞥他一眼，又在說什麼路？重新正首看著前方的道路，蜿蜒的山路，一邊是略高的樹林，一邊是懸崖，這條路還能生出什麼事端來？

道路不平，車子顫了一下，往上跳躍，頭在窗外的郭岳洋驚恐的睜圓雙眼，情急大喊，「左邊，左邊樹木都往下倒了！」

「什麼!?」毛穎德跟馮千靜異口同聲，兩個人一左一右的探出車外。

同時間，羽澄的車子歪歪扭扭，被拉回現實的她也感受到不對勁了！

「路變窄了！」她極力穩住方向盤，「我覺得路的寬度在縮減，越來越不好開！」

山路是左彎右拐的，毛穎德跟馮千靜不約而同的都看見遠方的樹木一棵棵往路的方向倒下崩落，似乎正是因爲道路縮減的關係；別的不說，看著遠方路邊山壁旁正崩落的大量碎石，整條路都在移動！

「前面的路不到一台車寬了！」馮千靜大喊著，「路樹要掉下來了！」

「夏天！」郭岳洋抓著夏玄允，「想辦法啊！」

他？夏玄允腦袋一片空白，「我不知道該怎麼做啊！」

用鑰匙圈做點小事還行，但這是整座山、整條路！羽澄此時尖聲嘶吼，「他們說不許走！」

「最好！」馮千靜立刻鑽回車裡，「毛穎德——現在！」

她左右兩手分邊抓住了夏玄允與羽澄，毛穎德回頭看著她，伸手也握住羽澄開車的右手。

「郭岳洋，抓著我跟夏玄允。」他雙眼凝視著馮千靜。

「哇啊啊——」車子小於路面，輪子空轉瞬間衝了出去。

不許離開——羽澄腦子裡都是這樣的聲音。

「呀——」

車子翻了下山，五個人在車內翻滾，馮千靜往窗外看去時，看見了渾身殘缺的人正努力的往上爬著……江大哥？

「我、馮千靜、夏玄允、郭岳洋及羽澄，現在正站在如月車站的月台上等車！」

啪。

第十一章 如月車站

風是從左邊來的。

馮千靜睜開眼睛，聽見列車的聲音，由遠而近。

她的手緊握著夏玄允，依序過去是郭岳洋、毛穎德及羽澄。毛穎德也已經向左看去，知道列車就快進站。

「咦？」夏玄允睜開眼看著自己的腳踩在月台上，完全呆愣。

還抓著他手臂的郭岳洋根本茫然，他看著天花板、往右看向車站，低首看著月台邊緣跟鐵軌……然後聽見了列車逼近的聲響。

「車子要進站了，退後吧。」毛穎德邊說，一邊將所有人往後推了幾步，直到逼近閘門前。

「呼……」馮千靜鬆了口氣，直接放開手，這讓夏玄允因緊張而失去重心，一個小踉蹌。

「爲……爲什麼？」他不懂啊！他們爲什麼會在如月車站？

羽澄整個人都因激動而跪了下來，她剛剛想著的是屍身不全的在山裡等死，結果下一秒她居然重新回到如月車站……暌違十幾年，她又重新站在這裡了！

「對……就是這裡！如月……車站……」她看著柱子上的字顫抖的唸著，「回來了！我終於回來了！」

馮千靜從前方傻站著的三個人背後走近毛穎德，「你為什麼不直接讓我們回去？回到車站沒有意義啊！」

「妳真以為我沒試過？妳失蹤那時我就試過了，『**我希望馮千靜能在我身邊！**』」毛穎德有些沉痛，「但我睜開眼妳並沒有出現在我房間。」

「啊……」馮千靜莫名感動，他、那晚就……

「所以現在硬要回去風險太大，萬一不成功得再過二十四小時才能使用言靈。昨天晚上枕在妳腿上時我有一度想試驗，但還是放棄，我得走安全棋。」

噢噢噢，枕在小靜腿上！夏玄允跟郭岳洋突然醒了。

「毛穎德有很肉咖的言靈，二十四小時只能用一次，而且還只用在很日常生活的地方，之前我在樓下的男人那邊時，他就是這樣把我帶回來的！」馮千靜簡單向左看向兩雙疑惑的眼神，「在隙間女時也是……」

好多好多次，毛穎德都在緊要關頭用肉咖言靈救了她。

列車進站，風咻咻的刮著。

如月車站不同於以往的都市傳說，他只能退而求其次，至少讓大家平安的先回到如月車站。

車廂一節節的緩下，夏玄允跟郭岳洋在驚異中知道毛穎德竟然有這種能力！

夏玄允更是吃驚，從小一起長大，他竟從來不知道毛毛會言靈，幹嘛不早說啊……再肉咖也是有很多地方可以用的啊！

馮千靜嘆了口氣，這的確是最保險的做法，但那也代表毛穎德無法再試驗下一個言靈了！

向車站裡看去，現在還是空蕩蕩的，但是蜇伏在附近的飢餓人會慢慢傾巢而出，他們只是動作比較緩慢而已……

郭岳洋跟羽澄看著列車停下，夏玄允仍是很吃驚的看著毛穎德……嗯？等等，那是什麼東西？

視線穿過毛穎德與馮千靜的中間，他看見的是車站、左斜前方的大門、售票機……不對，夏玄允回頭看著完全停下的列車，列車的行進帶動了光影，所以月台這邊的燈光略為閃爍，可是……門口不該會閃爍對吧？

他瞇起眼專注的看著車站的大門，彷彿看見了疊影，有兩個長得不同的自動門重疊著，一會兒有著門口的感應機、一會兒沒有，下一秒他還看見自動門開啓，緊接著又是關閉著的……兩個疊影幾乎是零點一秒交錯，現在有感應機！喔喔，又沒了！

啊啊，打開的門外是拉麵店，然後……拉麵？夏玄允倏而瞪大眼睛——

「啊！」

他這聲「啊」可嚇死人了，不只是郭岳洋跳起來，連剛開啓列車門裡的乘客也都嚇到了。

「幹什麼!?」因爲在馮千靜耳邊，她驚嚇最大。

「我懂了！如月車站根本不需要回去的車子！它爲什麼是單向的——」他欣喜若狂的抓住馮千靜，「我懂了我懂了！」

羽澄根本沒在聽夏玄允喊什麼，她緩緩起身，看著列車流下淚水，「我要先上車了！」

什麼？郭岳洋飛快的抓住她，「等等！羽澄，妳不要這麼衝動！」在還沒有百分之百確定能不能上車前，她不該貿然上去！

「做什麼！放開我，我是不可能待在這裡的！」羽澄看向站務亭，「你們沒注意到嗎，連站務人員都在緊盯著我們了，我也不想在這裡飽嘗飢餓之苦！我要離開！」

「但妳不確定是不是眞的能重回車上！」郭岳洋大喊著，「等等會有列車長經過，先問再上！」

「問什麼！就算不行我也是要上去，我才不要待在月台咧！」羽澄使勁推開郭岳洋，二話不說就衝上了車！

一時間，他都可以聽見列車裡的人驚叫，與羽澄同一列車的人幾乎是同時跳起，竄逃到其他車廂。

答案好像是不行。

毛穎德、馮千靜跟郭岳洋都屏氣凝神看著羽澄，她卻笑著哭著，就轉身到旁邊的椅子上坐下了。

沒事？連郭岳洋都轉過頭來，不解的看向毛穎德他們，誰也不知道發生什麼事，因爲從頭到尾明明都是很有事的狀態啊。

「列車停留五分鐘對吧！」夏玄允根本沒在理羽澄，抬頭看著跑馬燈上的訊息，「好了！我們快走——」

他突然回身，就抓著郭岳洋往閘門推！

同時間，詭異的站務人員跟著往前了一步。

「夏天？」郭岳洋有些恐慌，「現在是怎樣？」

「爲什麼如月車站只有單邊設站？爲什麼沒有回去的車子？」夏玄允得意洋洋，「因爲根本不需要！」

「喂！」馮千靜不耐煩了，「說重點啊！」

只見夏玄允伸手一指，指向了大門，「你們沒看見嗎？列車進站時，空間是重疊的！」

什麼？毛穎德倏地往門口看去，只看見那自動門大門還有……咦？不同光線、不同的門框，啊！

「每一個上車的人都是緊急之下上車的，都沒看清楚列車的模樣，那時車子也的確停在軌道上的……」郭岳洋也盯著大門瞬間想通，「他們進站時，剛好就是重疊的那刻，進去的是跟如月車站相關的其他站！」

這也就是爲什麼就算馮千靜覺得她在自己的世界上車，列車上卻沒有人下車的原因，因爲她進站的瞬間，根本就是都市傳說的時空了！

馮千靜簡直不敢相信，她也看見了！但那簡直像燈炮閃爍一樣迅速啊，「你說這是重疊空間，那根本不到零點幾秒就切換的時間，怎麼可能……」

「就是因爲時間差短，所以眞的遇到如月車站的不多啊！」夏玄允用力擊掌，「明白嗎？要剛好進站時，屬於都市傳說的空間，才會搭上前往如月車站的列車嘛！」

「你怎麼知道的？」

「車子進站時不是掃到光，剛剛牆上不是因此閃爍，我那時注意到的，閃爍的不是光，是空間！」夏玄允簡直覺得自己、太、厲、害、了，「我是不是第一個破解如月車站的人呀？」

「是是是！」毛穎德連忙點頭，「那快點吧，照你這種理論，車子開走就沒了！郭岳洋！」

「好！」郭岳洋趕緊翻找車票，嗶的一聲閘門開啓，他順利的通過。

飢餓人開始圍上來了，他們比之前動作更快一些、也更加渴望。

「等一下！」馮千靜突然喊停，「那我們要怎麼樣去抓那個時間點穿出去啊？別忘了我那天抵達時有出過站，外面是荒煙蔓草！」

夏玄允再度志得意滿，「妳沒感應對吧？」

馮千靜蹙眉，感應什麼東西？

「門口的感應器啊！看見了嗎？嵌在門邊有兩個感應器……」毛穎德解釋到一半也梗住，「不對，刷感應器眞的是爲了出站嗎？」

「嗯啊，出站！」夏玄允肯定的點點頭，「那個感應器絕對是關鍵，既然如月車站沒人出得去，那它設感應器做什麼？」

郭岳洋啞口無言，「夏天，你該不會是憑直覺吧？」

「就是就是！」夏玄允不知道哪裡來的自信，「我眞的就知道那是，我完全感覺得到這裡的運作模式，一來就知道了……看！」

他轉向右手邊，月台裡也有許多飢餓人朝這裡湧來，數步之遙站了個站務人員，緊綳著身子。

「站裡的飢餓人想要我們的車票，因爲他們想離開這裡！他們如果有票的話，感應就能出去了，何必困在這裡！」夏玄允再走向站務人員，「先生，請問我們要出站是不是要過卡？」

站務人員縮了縮身子，沒有回應。

「你是站務人員耶，應該要回答乘客的問題啊！」夏玄允揚聲道，「你們現在戒備是因爲我們是從比奈鎮過來的，你們怕出問題。」

「沒有鎮上的人回來過！」這是所有人第一次聽見站務人員說話，「比奈鎮的人是不許離開的。」

「我們不是，非居民。」毛穎德解釋著。

站務人員深吸了一口氣，兩個人看不見臉，都被帽簷遮去，交頭接耳。

「請問，我們出站是不是要過卡？」夏玄允用飛揚的聲音再問。

站務人員終於轉了過來，這次，他們點了頭。

「只要你的票可用，刷卡就出站！」低沉的嗓音邊說，一邊往站裡退，「但是我們不補票喔！」

夏玄允倏地正首，邀功似的閃閃發光，「是吧是吧！」

他邊說，手裡還轉著那寶貝的聖誕樹鑰匙圈，毛穎德搖搖頭，也抽出自己的票指向他，「回去，那個鑰匙圈一定要收起來。」

太可怕了！鑰匙圈的力量已經大到夏玄允不但可以對抗都市傳說，現在連都市傳說裡的運作他都能明白了！

「不——呀——」

馮千靜才抽出票卡匣時，背後傳來驚恐淒厲的叫聲，她嚇得回身，夏玄允還第一時間躲到她身後去。

只見列車長拽著羽澄在車廂裡拖行，一路往車頭去。

「你做什麼!?放開我——小靜！小靜！」羽澄掙扎著，卻仍舊被往前拖走。

馮千靜有些吃驚的看著羽澄，在她被拖行的前提下，還有另一件事讓她在意……「爲什麼羽澄看起來好像老了很多？」

跟剛剛那清秀的ＯＬ形象完全不同，她多了白髮，人看起來乾瘦蒼老，而且年歲還在持續增加！

「等等！等等！」夏玄允居然在月台上奔跑，追上前去。

「夏天！」已經通過閘門過去的毛穎德嚇得大喊，那邊有飢餓人啊！

誰知道，夏玄允一靠近那些飢餓人，飢餓人居然無人撲向他，而是收了手閃到一旁。

列車長終於停下，淡淡的瞥了他一眼。

「請問……羽澄可以下車嗎？」他站在月台上，正對著列車長問著。

「不行。」列車長斬釘截鐵，「比奈鎮的人不能再上車，不能再進入如月車站。」

「那讓她下車就好了啊！」夏玄允伸長了手，「我帶她離開。」

列車長冰冷的搖頭，「流動的時間與時間靜止的車廂，車上不能接受這種衝突者。」

「所以讓我帶她走……下車！」夏玄允再次要求，這列車長是哪裡聽不懂！

「她已經下過車了。」列車長冷冷的說，「飢餓人會解決她的。」

什麼？他在說什麼？飢餓人紛紛回身，全往車頭湧去，羽澄歇斯底里的尖叫著，列車長一路把她往前拖去，夏玄允沒有再往前追，他只是默默站在月台上，聽著某道門開啓的聲響，緊接著是羽澄的慘叫聲。

「啊呀——啊——呀——」

馮千靜緊握雙拳，手心全冒著汗，她喚了夏玄允，「夏天！」

夏玄允看著飢餓人紛紛跳下鐵軌，而羽澄聲音也越來越小……越來越小……他奔了回來，朝大家搖搖頭。

「羽澄，十幾年前就下過車了。」夏玄允嚥了一口口水，顯得有些震驚，「這是如月車站的……規矩吧。」

「別管規矩了，我們快走！」毛穎德在那邊用力拍打閘門。

如果羽澄不上車，說不定還有機會跟他們走……不，其實他明白，羽澄重新上車是個賭，因為她永遠不可能再回家了，不想待在月台的話，她寧可賭一把看能不能重新回到列車上！

馮千靜的票匣趕緊感應，急著就要通過閘門——喀！

玻璃門沒開，她回頭再感應了一次——嗚。

紅燈亮起，卡刷不過。

對面的毛穎德緊張的要她再刷一次，但馮千靜刷了好幾次，全部都不能感應！

「把票拿出來，是不是跟其他卡放在一起，所以感應不到！」毛穎德說這話時，聲音已經在抖了。

馮千靜快速的把票拿出來，再朝票匣一刷……錯誤的聲響一再令人發寒。

「小靜……」夏玄允倏地握住她的手，看著她手裡的票，「妳買的票是……單日票。」

她是兩天前進來的，那天她買的是單日劵，所以——票已經過期了。

「我……我去補票！」郭岳洋靈機一動，旋身就往售票機狂奔。只要再買一張，先刷過去，再遞給小靜出來就好了！

「洋洋——」夏玄允突然大喊，「不要過去！」

什麼!?郭岳洋緊急煞住步伐，見到票務機上，突然跳下了許多飢餓人，團團圍住售票機。

「我去！」毛穎德嘖了一聲，他——「啊！」

左肩的劇痛直襲腦門，麻醉在一秒中盡數失效，毛穎德連喊都來不及，整個人重重往地上摔去！

「毛穎德！」馮千靜緊張的衝上前，卻只能卡在閘門前動彈不得！「你怎麼了!?」

夏玄允轉頭看向站務人員，玻璃亭子裡的他們搖了搖頭。

「敬告乘客，一票一人，如月車站嚴格執行，一票一人，恕不補票，一票一人，恕不補票。」

「買票也沒有用，一票一人，洋洋若刷了票，他就得再進來。」夏玄允笑容消失在臉上，蒼白的看向馮千靜。

一票一人，馮千靜的票已經失效了。

一日券，兩天前的車票，已經宣告了馮千靜車票的過期，她無論如何都不可能再出站，連硬闖都不可能。毛穎德痛不欲生的只能在地上抽搐掙扎，飢餓人見狀，正努力的從月台或車站的另一邊朝這裡前進。

「爲什麼你們的車票可以？」她看著地上臉色鐵青的毛穎德，幽幽的問。

「票是我買的，我買了……紀念票。」淚水從夏玄允臉上滑落，「我買票時同時也過了門口的感應機器……」

紀念票一張很貴，他購買時沒想太多，他只覺得紀念票一定有特殊圖案，哪有在都市傳說的車站線，還買普通票的道理。

馮千靜闔上雙眼，她再也忍不住的落淚，她過不去的……沒有票的她，永遠都只能待在這個月台上。

她也不能再上車，她只能待在月台內，忍受著飢餓折磨，燃燒掉自己全身上下的脂肪與肌肉，成爲那些骨感的飢餓人，或是重新再穿過山洞，等待回比奈鎮的機會。

只是，她也不能回去，只怕那個鎮恨死她了，巴不得將她千刀萬剮……好，他們本來就想將她千刀萬剮。

所以她只剩一個選擇，永永遠遠，留在如月車站的月台上。

「快走吧。」她淚水盈眶的回頭看向夏玄允，「車子快開了，你們快走，我是註定走不了了。」

「……不不！」毛穎德躺在郭岳洋懷裡咬著牙，伸長右手試圖握住她的手，「一定有辦法的，一定有！」

郭岳洋努力的把毛穎德撐起，讓他可以趴在閘門上，但緊閉的玻璃閘門讓他們連觸碰都不可能，淚水拼命的翻滾而出，他不相信有這種事！

「都走到這裡了！」他伴隨著左肩的痛嘶吼，「我們都已經走到這裡了——」

「如月車站不是那麼好對付的。」馮千靜伸出手，掌心貼在玻璃門上，「列車快開了，你很痛對吧？那些飢餓人會擋住你們的去向，你無法反抗就麻煩了，該走了！眞的該走了——」

她尖叫著，不管是郭岳洋或是夏玄允，誰都沒聽過小靜尖叫過。

她在哭，撕心裂肺的痛哭失聲，她的不平跟怨忿，全都再難壓抑！

「一定還有辦法的，每、每次我們都想得到……」毛穎德實在痛到難以穩定的說話。

馮千靜得深呼吸才能壓住歇斯底里的衝動，她連唇都在發抖。

「對不起……我應該跟大家說你是我男朋友的！說室友眞的太傷人！」她心臟好難受，「我眞的眞的很喜歡你，我昨晚已經想好，如果可以回去……我要光明正大的告訴大家，我的男友是毛穎德！」

毛穎德緊咬著的唇都已經滲血，他悲傷的望著馮千靜，他的女人就在眼前，隔著一道玻璃門，他卻無能爲力，無能爲力啊！

「一定有辦法吧？夏天！」郭岳洋早就泣不成聲。

「延展！對，我們不補票，但可以展延期限嗎？」夏玄允轉向站務人員高喊，「我們——」

話沒說完，站務亭的百葉窗全數降了下來。

『列車即將於一分鐘後發車，請還沒上車的乘客，趕快上車，請已下車太久的旅客，不要上車。』

馮千靜又一個深呼吸，心窩像被人捏緊得難受，緊握飽拳，全身都在用力，拼命用力的維持冷靜。

伸手抹去淚水，她再度驕傲的抬起頭。

「眞有趣，沒想到我變成都市傳說了。」她劃上笑容，她不能哭，現在不是該脆弱的時候！「郭岳洋，很抱歉，我不能再繼續當你的偶像了。」

「不！妳永遠是我偶像！小靜，眞的沒辦法了嗎？妳跳出來啊！跳出來啊！」郭岳洋哭喊著，他不知道，如月車站哪有這麼容易讓人逃票呢！

「透明……」連毛穎德都知道，他伸手敲著閘門上的玻璃門，這根本不可能有機會逃票。

馮千靜深表同意，所以她沒有要逃票的意思。

回眸，月台上的飢餓人再度湧現，不一樣的是他們嘴上帶著血，那是剛分食完羽澄的戰績吧。

他們在覬覦夏天了！因爲這邊還有一張可以離開如月車站的票。

「快走！」馮千靜突然抽離玻璃門上的手，握緊手上的霓彩棍，把夏玄允往閘門推，「離開後，火速扛著毛穎德往門口跑！」

她掩護著夏玄允，銳利的雙眼瞪著兩旁湧來的飢餓人們。

「小靜……妳要相信我！」毛穎德在外面吃力的大喊著，「我們每次都能找到破解法的，妳就在這裡等！我、我們很快會、一定會帶妳出來！」

很快？馮千靜回頭，盈滿淚水的雙眼望著他，不知道等他們再度找到她時，她會變成怎樣呢？

她劃上微笑，堅定的點點頭，「我一直都相信你們。」

如果這裡沒有時間的流逝，她的確可以等。

如果她不會變成飢餓人，她也可以等……只是她不知道，成爲如月車站的一部分後，她會變成怎麼樣？她還會記得以前的事嗎？還是像這些人一樣，只記得飢餓的痛苦，還有……回家。

再度深吸一口氣，這些都已經不重要，命運如此，她就會接受。

只是登上下一個擂台罷了，沒什麼好怕的。

她趨前，車站內廣播著車子即將離站，請旅客儘速上車。

如月車站的列車向來不是急促聲，而是一種悲鳴的嗚咽。

是誤入如月車站的人們，集體的悲鳴啊！

毛穎德緊攀著閘門，他努力的伸長頸子，馮千靜也忍不住哭了出聲，咬著唇迅速回身，趨前吻了他。

四唇相貼，即使隔著冰冷玻璃，也依然情意不減。

「我們很快會有下一個更實際的吻，對吧？」她望著毛穎德，淚光閃閃。

「很快……一定很快，妳等著。」毛穎德忍不住滑下淚水，「我一定把妳帶出來！」

馮千靜揚起了那小靜式的笑容，耀眼且驕傲，美麗得令人無法直視，自信得天下無敵。

旋過身子，她高舉起霓彩棍，看著逼近的飢餓人們，雖然很可憐，但是她不可能讓夏天受到一絲一毫的傷害！

嗶！夏玄允刷過了車票，綠燈亮起，過卡的聲音響亮，玻璃門啪啦打開的聲音如此迷人，此時有兩個飢餓人距他們僅五步之遙，想要趁機偷襲夏玄允！

「休想！」馮千靜一步上前，準備一棍戳進那傢伙的肚子——咦？

一股拉力突然自後衣領拽扯，她頓時失去重心，手上的棍子差點沒握住，她被人拉住原地轉了一大圈，眼前閃過了飢餓人、夏玄允、站務亭——等等，夏天爲什麼會在月台上？

馮千靜完全無法反應，她驚愕的看見夏玄允，那萌系可愛的笑容正衝著她，使勁一推——她整個人踉蹌向後，退出了那對開的玻璃閘門！

同時間，夏玄允乾脆的扔出他手裡的車票，閃過撲來的飢餓人，旋身衝進了列車裡。

咦?馮千靜整個人倒在毛穎德的右臂彎裡，兩個人連站都站不直，她聽見月台上飢餓人們的怒吼悲鳴，腦袋一片空白。

這是怎麼回事!?她一骨碌跳起，看見站在她右邊的郭岳洋，手裡正緊握著夏玄允剛扔出來的車票，然後……目不轉睛的看著正前方，那個站在列車門口的男孩。

「夏玄允!」她激動的跳起，不可思議的尖吼出聲。

「妳知道我最喜歡都市傳說了!我就要變成都市傳說了!天底下沒有比這個更開心的事了!因爲——」夏玄允開心的比出戰隊姿勢，「我們是，都市傳說——」

「收、集、者!」旁邊的郭岳洋大聲的吼著，也比出相同的姿勢，兩個男孩，隔著只有五公尺的距離，一個在列車裡，一個在閘門外，做著一樣的動作。

即使他們雙雙，早已淚流滿面，「你要好好做喔!夏天!」

「夏天……」馮千靜不可置信!

郭岳洋抹去淚水，神情堅毅，「好了，想打我也得出去再打，我們要快點離

開這裡！」

飢餓人已經從四面八風湧過來了！

「快走！要在列車開動之前走！」夏玄允焦急的大喊著！

嗚嗚嗚嗚，列車的門緩緩朝中間關上——不不不不！

馮千靜不得不攙起毛穎德，他咬著牙苦撐，劇痛讓他快要暈倒，他現在變成了最佳的累贅！

「你要是敢也說要留在這裡，你給我試試看。」馮千靜把話說在前頭，郭岳洋上前主動扛起毛穎德，因爲小靜必須負責開路！

「走了！」郭岳洋緊張的喊著，「我們誰也不能浪費夏天的心意！」

夏天就是要她走，才會自願留在那兒的。

「可惡啊啊啊啊——」馮千靜怒吼著，「走！」

拖著毛穎德往前奔去，耳邊傳來列車啓動的聲響，他們要在列車完全離開前，穿過這道門！

靠近門邊的飢餓人等待已久，馮千靜伸腳就是一踹，避開與飢餓人直接接觸的機會，對準他們的腳、手、身體，在接觸前就先打斷他們的骨頭。

郭岳洋扛著毛穎德，看著馮千靜招招俐落狠絕，她現在巴不得燒掉這個如月車站！

「感應！」郭岳洋感應自己的車票，毛穎德也感應了。

馮千靜抽過郭岳洋捏著的那張車票，痛苦的朝左邊的感應器，眼尾的飢餓人伸長手，她一棍回身打歪了他的臉。

自動門開啓，『**如月車站，出站。**』

感應器，莫名的傳來了機械般的聲音。

馮千靜回過了頭。

列車開動，玻璃窗後的夏天依然維持著戰隊姿勢，就算淚水已經模糊他的視線，但他那天真可愛的臉龐，卻依然笑得燦爛。

緊接著一陣天旋地轉，馮千靜直接朝地上摔去！

啊！

馮千靜是摔在水泥地上，頭暈到有些耳鳴。

「同學？同學妳沒事吧？」

眼前出現布鞋，她錯愕的抬頭，看見一個男學生在她面前，「還好嗎？」

其他學生上前，分別扶起了郭岳洋跟毛穎德。

馮千靜也在攙扶下起身，他們呆呆的道著謝，有些虛脫的往旁邊移動，看著其他人有說有笑的進站。

對面是熟悉的拉麵店，他們站在入站前的五階樓梯上，車聲、喇叭聲從旁邊的大馬路上傳來，地鐵的門口出入的人來來往往。

他們回來了……可是夏玄允呢？這是怎麼回事……爲什麼會有這種事!?

「誰拉我的!?是誰拉我的!?」馮千靜瞬而回身，使勁的推了才站起來的毛穎德，推了郭岳洋，「你們怎麼可以這樣，怎麼可以犧牲夏天!?」

毛穎德趕緊穩住重心，「我不、我眞的不知道剛剛是怎麼回事！」

「是我。」郭岳洋拉住樓梯扶欄站穩，滿臉淚痕，「夏天也願意的，他沒想過離開那裡！他的眼神是這麼告訴我的！」

夏玄允用行動證明了，車票並非具名制，不管是誰，只要有車票就能通過，這就是那些離不開月台的人想要搶車票的主因。

搶到後也不需要任何手續，因爲馮千靜就這麼出來了。

「什麼叫眼神……你怎麼可以擅作主張——」

「我知道他在想什麼，一個眼神我就明白了，夏天他可以勝任都市傳說的！他在列車上也不會有問題，因爲他有聖誕老人的鑰匙圈，剛剛列車長就站在他後面啊！」郭岳洋儘管哽咽，口吻卻是有史以來最堅定的一次，「我瞭解他，能成為都市傳說，他比誰都開心。」

「閉嘴閉嘴！」馮千靜簡直不敢相信，上前揪住郭岳洋的衣服，「你怎麼……你怎麼能這麼做？」

剛剛出站那最後一瞥，她只記得列車在他們眼前離去，夏玄允也消失在他們的視線中。

「夏天——」

第十二章 離站之後

滑鼠在電腦上移動著，郭岳洋仔細的查看電腦螢幕上的資料，確定無誤後，按下了發布。

「都市傳說社」的社團臉書上，新增了最新紀錄：如月車站。

夏玄允失蹤的事他們沒有隱瞞，那天一回到學校，就直接去找章警官，一五一十的說明事件經過，夏玄允在如月車站裡，在那班往返車站的列車上。

當然，吳炯丞的事也一併告知，郭岳洋向林瑩眞解釋了關於她同學可能回不來的事實，面對面說時刻意避重就輕，不提歸化後的吳炯丞不但背叛他們還想殺他們，這些詳情讓林瑩眞日後自己在社團紀錄上看吧！

馮千靜遞上那張沒見過的車票，上面眞的刻印著「きさらぎ駅」幾個日文字。

郭岳洋把詳盡的紀錄寫上社團臉書，他不怕人酸言酸語、也不怕人罵造假，這是眞實發生的事情，「都市傳說社」目前爲止遇到的都市傳說，每一個都是眞實且血淋淋。

一直到夏玄允成爲都市傳說的一部分爲止。

「郭岳洋！」外頭傳來呼喚聲，「時間差不多了喔！」

「好！」郭岳洋趕緊蓋上筆電，匆匆的拿起背包，往外走去。

打開房門，就可以看見在客廳沙發旁的女孩，她依然一襲輕便，正把馬尾穿過鴨舌帽後的洞，調整著帽簷，毛穎德才走出，斜背包上肩，便上前爲她調整。

郭岳洋微笑著，小靜已經搬回來了，她與廠商及家裡都做了協調，用正面積極的態度去面對自己的人生與戀情，她不想閃躲，甚至發表了聲明，她是個女子格鬥者，她的長才在於格鬥，並不是靠外貌獲勝，與私人情感毫無關係。

郭岳洋眼神移向沙發後那間套房，再也不會開啓。

「好了嗎？」毛穎德向左瞥見他。

「好了。」郭岳洋點眼頭，趕緊關上房門，「我剛剛把如月車站的事放上社團FB了。」

「嗯，照實敘述吧？」毛穎德主動趨前，爲大家打開門。

「毫無遺漏。」郭岳洋肯定的點頭。

三個人進入電梯，誰都還沒習慣少一個人的感覺，夏天很喜歡在按鈕旁爲大家按樓層，現在那兒就自然空了一個位置。

電梯直往B2停車場，夏玄允的車子還停在樓下，他們要將它開還回去……他的家。

而且他的父母有必要親口聽他們說明，他們的寶貝兒子到底去了哪裡。

信與不信是一回事，他們只求無愧於心。

毛穎德開車，馮千靜理所當然坐在副駕駛座，郭岳洋默默的坐到後面內側，外側一向是夏玄允的位子。

車子才剛一駛出社區，記者就在那邊等待了。

「停。」馮千靜乾脆的讓毛穎德停下，搖下車窗，大方的受訪。

一瞧見她這麼有誠意，記者們立即衝上，閃光燈閃個沒完。

「小靜，妳眞的搬回來了嗎？有人看見妳前幾天運了幾箱東西過來。」

「是，這是我的學生宿舍，我搬回來也沒什麼吧。」戴著墨鏡的她，勾著不甘願的笑容。

「那……」記者伏身，瞥了一眼車內。

「我室友，郭岳洋。」她左手往身邊的男人肩上一放，「我男朋友。」

「所以說不是室友囉？那妳之前說是室友，是爲了避嫌嗎？」

「還是爲了自己的事業，所以刻意抹殺他的存在呢？」這個女記者說話相當尖銳，完全就是欠教訓。

「妳想像力很豐富喔！很可惜不是，我們之前的確是室友，前不久才正式成爲男女朋友的。」馮千靜聳了聳肩，「廠商們都很能理解我，我的私人情感也不影響我所有的代言、甚至是我的比賽，很遺憾無法讓你們挑撥離間或做文章了！」

有個記者才舉手，立刻又被她打斷。

「至於夏玄允同學失蹤的事，你們相信都市傳說的話，剛剛社團ＦＢ已經發布最新文章了，其他的請大家去詢問警方，我們不便做任何評論或說明。」她拍拍車門，「感謝大家，辛苦了！」

鑽進車內，毛穎德立刻踩下油門同時緩緩關上車窗，後面的記者追上前還想問問題，不過多半都是問些她說過或懶得提的廢話，不過都是換句話說罷了。

她上星期都已經公開自己有男友了，非得再跑來問一遍，眞的很無聊。

「他們不會待太久了，妳什麼都說明後，就沒有期待性了。」毛穎德輕笑。

「是啊，大家爲我再忍耐幾天吧！」她回頭瞥了郭岳洋一眼。

「我沒關係啦！他們不會煩我！」郭岳洋靦腆的笑笑。

車子在寬敞的路上馳騁，其實每個人心裡都很緊張，該怎麼面對夏玄允的父母，一顆心七上八下。

連馮千靜自己的父親都難以置信，要不是極爲信任自己孩子的人格，叫他怎麼去相信都市傳說這種東西！

「郭岳洋，我可以問你件事嗎？」突然間，右手撐著臉頰的馮千靜開了口。

「嗯？」正在欣賞窗外風光的郭岳洋也正首，擱在膝蓋的手微微握緊。

他知道小靜想問什麼，回來兩個多星期，他一直在等待、也憂心這一刻。

「那天在閘門，你……花了多久做出決定？」馮千靜沒有回首，只是一直看著前方，「夏天跟我互換的事。」

毛穎德不動聲色，馮千靜想問的，他也想知道。

「夏天做決定的當下。」郭岳洋沒有思考，「他看著我，什麼都沒說，但我知道他的決定。」

「你連一點懷疑、勸說或猶豫都沒有嗎？」這是馮千靜最不解的，「你明知道無論如何，我們都有一個人會留在那裡——」

「因爲是夏天，所以我沒有猶豫。」郭岳洋直接接口，「他比我們任何人都適合待在那裡！」

「沒有人是適合的！」馮千靜分貝高了起來。

「比妳適合啊！」郭岳洋深吸了一口氣，「從聖誕老人給夏天那個鑰匙圈開始，就是開端了！」

馮千靜一怔，終於回首，「什、什麼……」

「我一直都在觀察，夏天對都市傳說的狂熱，聖誕老人相當瞭解，所以才給了他那個鑰匙圈！從得到那個鑰匙圈後發生的事情你們都知道！」郭岳洋壓抑心中激動，「爲什麼他聽得懂隙間女的話？爲什麼能把消失的房間裡的人硬帶回來？爲什麼能把血腥瑪麗驅走？記得嗎？血腥瑪麗對於他還很驚訝，彷彿他不該背叛似的！這次連如月車站他都能任意進出！」

「那不是鑰匙圈的問題嗎！這跟夏天本人……」毛穎德擰著眉，「我知道你的意思，因爲夏天擁有那個鑰匙圈，所以他待在列車上，也比我們安全得多……」

「不是。」郭岳洋堅決的搖頭，「我認爲就是夏天的關係，是他對都市傳說的狂熱與特質，才適合那個鑰匙圈！」

馮千靜這會兒身體都側過去了，「你在說什麼啊!?」

「我只能這樣想了，記得血腥瑪麗對他說的話嗎？她指責夏天說，他是最不該這麼做的人！還有羽澄說什麼嗎？他彷彿就是那邊的人，毫無違和感！在車上時列車長還對他說，夏天應該比誰都知道那邊的事才對！」郭岳洋趨前解釋，「如果再想得離譜一點，爲什麼我們一直遇到都市傳說？什麼磁場吸引？」

「我的天哪！郭岳洋！」

「我不得不這麼想嘛！聖誕老人不是會給乖孩子禮物嗎！爲什麼什麼不給，

卻給了夏天那個鑰匙圈？」郭岳洋突然再看向毛穎德，「卻讓你的左肩得到劇痛？」

毛穎德錯愕，「跟我又有關係了？」

「當然有。」郭岳洋認眞的點頭，「因爲你從以前到現在不管夏天多盧，你都還是想保護他，就算認識小靜後，你的個性就是想守護我們所有人，所以左肩那刀——就成了對都市傳說的警訊！」

只要遇到都市傳說，不需探究，毛穎德左肩的痛楚就能告訴他答案！好讓他有所準備，可以守護重要的人們！

毛穎德倒抽一口氣，圓睜的雙眼盡是不可思議，「我……我沒想過這一層！」

「從我發現你只有遇到都市傳說，左肩會痛之後我就在想這件事了，爲什麼夏天可以無懼都市傳說，還能對抗，而你卻一遇到就會痛。」他悶悶的低下頭，「都是聖誕老人給的禮物……不愧是都市傳說的聖誕老人，連送禮都這麼講究。」

馮千靜有些啞口無言，她不知道該說什麼，緩緩坐正身子，郭岳洋說的的確不無道理……

「我沒得到什麼……還好！」她忍不住轉向身邊的男人，他的左肩始終讓她煩憂。

「如果是這樣，那我還眞得謝謝聖誕老人喔！」毛穎德顯得無奈，「他其實可以讓我痛一下就好吧？」

「說不定是懲罰你作弊！」馮千靜挑了挑眉。

「喂，還不是也爲了妳！」

她笑了起來，拍拍他在排擋桿的手，知道知道。

「他在列車上不會有事的。」毛穎德堅信這點，「那天列車長就在他身邊，什麼動作都沒有。」

「列車長要擔心的是夏天會惹麻煩吧！」郭岳洋很嚴肅的說著，「他眞是讓我煩惱啊……」

馮千靜忍不住泛起微笑，就算在那遙遠的如月車站，她也相信……誰都會對夏天很頭痛的！

一個小時後，車子抵達了夏家，果然是有錢人的庭園式別墅，毛穎德與郭岳洋對這裡自然熟悉，馮千靜是首次到訪。

車子停在花園邊，車內氣氛變得沉悶，三個人交換著眼神，硬著頭皮還是得進去。

「走吧！」毛穎德頷首，打開車門步出。

來之前已經聯繫過了，所以夏玄允的父母就站在門口，有些憔悴，但意外的是仍掛著微笑看向他們。

這親切的笑容，反而讓他們更加愧疚。

「阿德，洋洋……啊，這位就是小靜吧！」夏媽媽慈祥的笑著，「歡迎歡迎。」

「夏媽媽……」郭岳洋一看見夏媽媽，眼淚就快飆出來了。

毛穎德正在撐著，一行人魚貫進入夏家。

夏媽媽竟準備了點心，擱在餐廳圓桌上，郭岳洋站在桌邊，眼淚瞬間奪眶而出！

「洋洋……別哭別哭！」夏媽媽趕緊上前安慰，「別這樣……唉，大家先坐！先坐吧。」

毛穎德看見點心也一陣鼻酸，皺著眉忍下，馮千靜緊握拳頭深呼吸，都還沒開口，場面未免太過悲淒。

坐在曾一起吃飯的餐桌上，往事回憶一幕幕湧現，對毛穎德或是郭岳洋來說，一個是從小一起長大的兄弟，一個國中摯友，幾要難以承受！

「我們只是想知道事情詳盡的始末，還有那個……如月車站究竟在什麼地方。」夏爸爸沉著聲開口，「聽你們親口說說。」

毛穎德交棒給郭岳洋，細心的他總是能說得特別詳細。

甜點碗擱在桌上，始終沒有人動過，郭岳洋描述著事件始末，中間必須由馮千靜接口關於她失蹤的部分，她需要表明的是：她真的坐上那班車，抵達如月車站，乃至於上山後，手機在打鬥中掉下山崖，與毛穎德他們失去聯繫，才讓他們心急如焚的想進入如月車站。

而夏天從進入、買票，乃至於如郊遊般的上山，夏家父母聽得嘴角還能嵌著笑容，低語說著這好像就是夏天的個性。

一路說到了月台離別時，情況就變得不一樣了。

對馮千靜來說，她是始作俑者。

「我真的不知道他要這麼做，我已經打定主意待在那裡了，我正要保護夏天不讓他被那些飢餓人攻擊的！」馮千靜激動的說著，「我沒想到他會這樣……郭岳洋把我拉出，我根本……我無法反應！」

「夏天要這麼做的！他肯定的告訴我不讓小靜留在那裡……我、我不是背棄夏天，我只是——」郭岳洋舉起的雙手都在發抖，「我只是順著夏天的意思，我不知道該怎麼跟你們解釋，但我、我、我不想要……讓夏天失望。」

「都怪我沒用，我那時左肩痛到連站都站不起來，我什麼都沒辦法做……」

連毛穎德都陷入自責。

夏家父母望著激動的三個孩子，卻依然掛著淺笑，夏爸爸從口袋拿出一封信，擱到了桌上。

「夏天離開前寄給我們的，其實用LINE已經傳過一次大概。」夏爸爸聲音還是有點哽咽，「他提到了有可能回不來的事。」

什麼!?圓桌上其他三個人倏地抬頭，不可思議的瞪著桌上那封信。

「夏天……寫的？」郭岳洋起了身，用抖個不停的手拿起那封信。

毛穎德伸手握住他抖得厲害的手，逕自接過了那封信。

「新聞我們也有看到，因爲記者也追去你們住的地方，夏天那孩子就愛出風頭，都代表你們在說話……所以我們也上去看了都市傳說社團的臉書……」夏爸爸笑了起來，「夏天啊，從小就喜歡這些，我們總是聽他說個沒完，他高中時就說過，未來一定要創一個都市傳說社！」

淚水從眼角滑落，毛穎德點著頭，他知道，夏天的喜好夏爸夏媽知之甚詳。

「他發了許多願，想跟裂嘴女比誰的嘴巴大、帶藍色衣服給紅衣小女孩換、跟每個都市傳說自拍……」毛穎德也是如數家珍。

「是啊，所以他說他要去如月車站，一個可能回不來的車站。」夏媽媽得用不斷的深呼吸才能壓下嗚咽，「他說即使不爲了救小靜，他也一定要進去看看，既然有人進去了，表示現在如月車站就在他身邊，他絕對不會放棄這個機會……只是去的話，可能回不來。」

他眞的沒回來，馮千靜看著信紙，簡短的信件寫著一樣的事，她得咬著唇才不會哭出聲，但淚水還是模糊了視線。

『如果我沒回來，也請不要擔心，我在那邊過得很好！因爲，我變成都市傳說的一部分了！我是都市傳說了耶！還有什麼比這個更棒的事嗎？』

最後一句，讓郭岳洋再也難以扼抑！是，他瞭解夏天，他早就知道他的想法……但是這跟眞的讓他留在那邊，還是不一樣的事。

「這傢伙……」毛穎德緊捏著信紙，「出發前他說什麼都準備好了，就是指這個嗎？」

——『可能回不來喔！』——

——『放心好了，我一切都準備好了。』——

「他好像就沒打算回來……他做了最壞……也最好的打算！」郭岳洋哇的大哭起來，「夏天！你眞的太討人厭了!!」

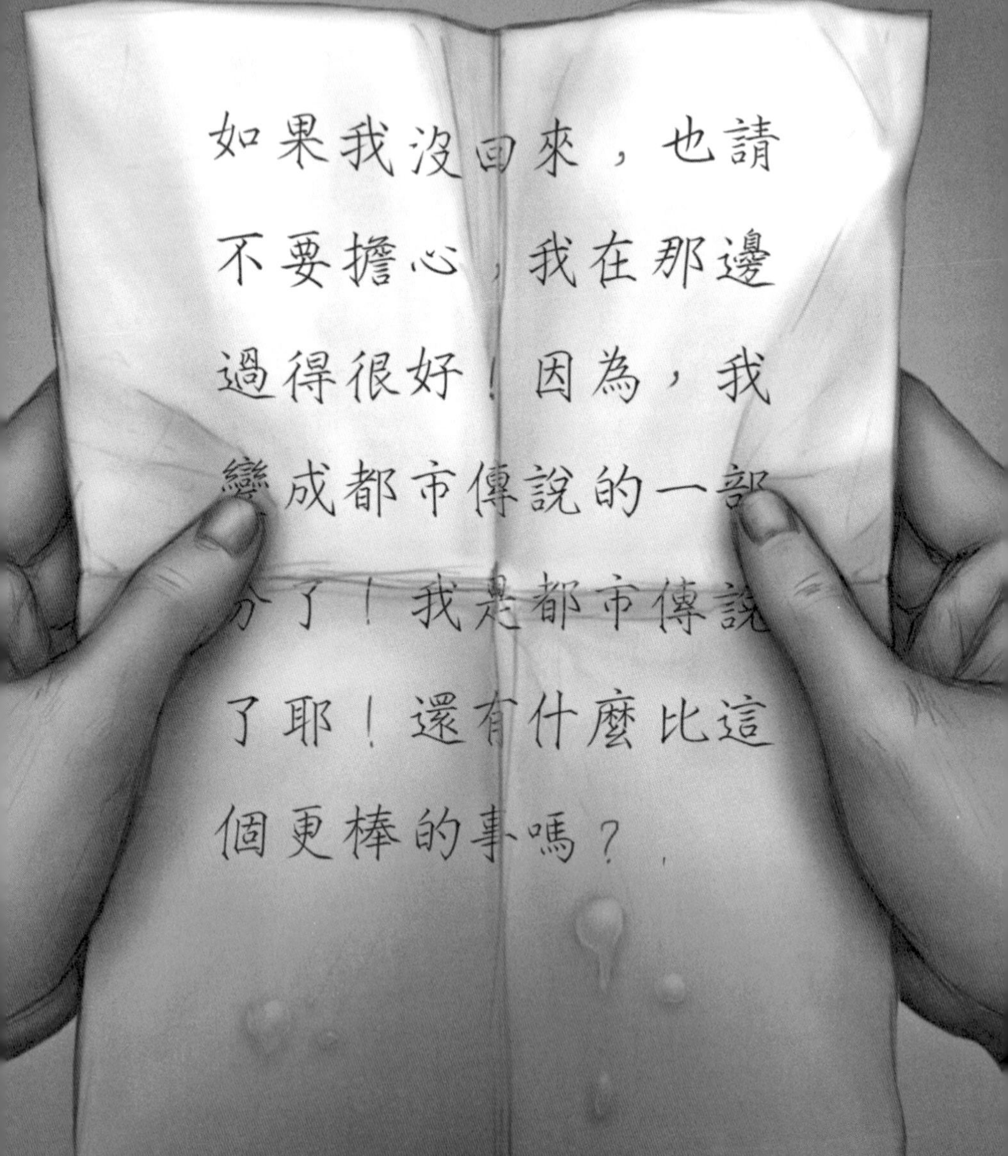
如果我沒回來，也請
不要擔心，我在那邊
過得很好！因為，我
變成都市傳說的一部
分了！我是都市傳說
了耶！還有什麼比這
個更棒的事嗎？

馮千靜受不了這種嚎啕大哭的場面，低聲說了句對不起，瞬間離座，直往外頭衝去。

「小……」夏媽媽想勸，但又覺得別攔著她比較好。

毛穎德回首，或許現在她暫時想一個人。

「她會一直認爲是她害夏天留在那邊的。」毛穎德默默折好信紙，遞回給夏家父母，「因爲票證失效的是她。」

「我們的孩子我們怎麼會不知道，他一定想要去探究都市傳說的全貌吧！」夏媽媽邊說，邊抹去落在嘴角笑容的淚水，「讓小靜不要想太多，我怕就算大家都出得來，夏天說不定還想在那邊多待幾日呢！」

毛穎德挑了眉，也忍不住笑著，「對！他眞的是會幹這種事的傢伙！」

「我們只想知道……」夏爸爸淚光閃閃的看著毛穎德，「夏天在那邊，快樂嗎？」

毛穎德禁不住鼻酸，淚水撲簌簌的掉著，抿著唇不停的點頭，點著頭。是，他很快樂，夏天在那邊絕對是快樂似神仙。

「那就好了啊！唉……」夏爸爸看向老婆，拍拍她的手，「我們從以前到現在，不就希望孩子快樂就好嗎？」

「是啊，這是夏天最喜歡的東西，就讓他去吧！」夏媽媽點點頭，「就當他出國了，去環遊世界，只是去另一個世界。」

否則，他們也無法怎麼樣啊，難道去如月車站抓他回來嗎？

怎麼去？真的去的話回得來嗎？會不會反而造成夏天的麻煩？還有，會不會他根本就不想回來？

重點是，他們都知道，要再進入如月車站已是難上加難。

那如果是個隨便能進去的車站，或許就不會是都市傳說了。

「夏爸爸……」郭岳洋哭得好可憐，像個孩子一樣，「我好想夏天！」

「唉！來！」夏爸爸起身走到郭岳洋身邊，就像個父親一樣擁抱著他。

夏媽媽對毛穎德投以眼神，或許，他應該出去陪陪那看似堅強、其實正痛苦的女孩。

毛穎德頷首致意，緩步走了出去。

呼……馮千靜在前院來回踱步，她昂著頭，不停的換氣。

「不難過……不難過，沒事的。」她喃喃自語，不知道自己雙肩緊繃得高聳，握拳握得死緊。

「靜。」毛穎德趨前，攬過了她。

「啊……談得如何？」她看著他的眼神有些空洞，「夏天的爸媽好像……很泰然……」

「這是不得已的，因爲必須面對事實，他們比我們還清楚，夏天去的地方不是我們輕易能帶回的。」他輕聲說著，「夏媽媽說不是妳的錯，妳只是夏天的一個藉口。」

「才不是，如果我們都能回來的話，都是我的票……」

「『如果』我們都能回來，那夏天鐵定會說想待在那邊多玩一會兒，別忘了他買的是紀念票，沒有日期限制。」毛穎德挑了挑眉，「他愛什麼時候走都可以！」

馮千靜睨向毛穎德，不得不說有些中肯，但是……淚水卻止不住的滑下臉龐，她還是難以釋懷。

「我眞想再聽見他喊我小靜……」她禁不住抓著他的衣服，悶進他懷裡，「爲什麼偏偏要是他……」

毛穎德默默的將她摟進懷中，這兒四下無人，想哭就哭吧。

「妳要試著去相信，夏天在那邊很快樂。」他沉聲，輕撫著她的髮，「不這樣想，我們大家都會太痛苦。」

「……不難過，我不難過……」緊抱著他的馮千靜根本泣不成聲，「他最喜歡都市傳說了，他一定會……」

郭岳洋走到門邊，沒敢打擾他們，或許還要再一段時間，他們才能完全接受夏天不在的事實。

但他打從心底相信，夏天在那邊是如魚得水的。

這不就是聖誕老人送他那份禮物的主因嗎！

郭岳洋劃上淺笑，拎著紅腫的眼抹去淚水，夏天，你放心好了，「都市傳說社」不會倒社，社團會持續成立下去，還有他、毛穎德跟小靜，林詩倪、阿杰他們也都不會離開。

就算畢業後，他也會讓「都市傳說社」繼續發揚光大的。

然後他們會等待某一天……未來的那一天的到來。

毛穎德眼中的馮千靜止住哭泣，昂起頭做了好幾個大大的深呼吸，淚眼朦朧的看著他，眼神卻帶著銳利。

「他會回來的吧？」

「咦？」毛穎德有些驚愕，馮千靜移了眼神，越過他看著門口的郭岳洋。

郭岳洋劃上滿滿的笑容。

是的，他們期待著那一天的到來，等待著夏玄允的歸來。

尾聲

頭好痛。

她揉著太陽穴，一上車就把自己摔進椅子裡，頭往一旁的牆壁靠上，吃了感冒藥眞的不能去打工，今天錯誤百出不說，還衰事不斷，身體還超難受的！

鼻塞、喉嚨痛又頭痛，腦袋昏昏沉沉的根本不清醒，自己都搞不清楚在幹嘛了！上大學後好不容易可以打工，沒想到賺錢竟然這麼辛苦！已經夠不順了，急著想回家交通卡又出問題，她就隨手先買了張一日券。

唉……女孩重重嘆口氣，翻找著水瓶，抽出一張被她揉爛的傳單……厚，社團招募，好煩！

喝了水，難受得閉目養神。

列車發出關門的警示音後，沒多久列車便啓動了，大概兩分鐘後的光景，女孩皺著眉睜眼。奇怪，剛剛那個警示音怎麼跟平常的不太一樣？一點都不像警告啊，簡直像誰在哭似的！

正在思考，一雙眼盯著綠色的地板，這顏色好醜喔……地鐵什麼時候換顏色的？嗯？她直起身子，開始留意到對面的座位，還紫色椅子耶，她怎麼從沒搭過這班車？配色無敵醜的啦！等等，地鐵座椅是這樣排列的嗎？爲什麼她對面是一整排——

有個人突然坐到了她隔壁！

咦!?女孩嚇了一跳，也沒避諱的向左看向隔壁的人，這車廂空得要命，有必要一定要坐在她身邊嗎？定神一瞧，發現對方穿著制服，是列車長嗎？

「您好。」她禮貌的先點頭。

「沒發現坐錯車了嗎？」列車長帽子下的唇勾起笑容。

「……」她愣愣的點頭，「現在發現了……」

「也是，妳反應一直都比較慢。」列車長還在那邊點頭。

喂！她皺起眉，列車長是想吵架嗎……等等，爲什麼他會說她反應慢？

列車長轉了過來，食指把帽簷往上挪了點，露出下面一張白淨的臉龐——

嗯？女孩歪了頭……她是不是在哪裡看過這張臉？

「沒關係，妳思考迴路可能還要幾分鐘。」列車長笑了起來，笑起來超可愛的，「下一站妳必須下車，要在列車沒離開前出站，不管怎麼樣一定要拿車票去

刷門口的感應機。」

女孩眨了眨眼，再眨了眨眼。

「啊！你是——A大的——不對啊！」她一愣，「你不是失蹤好幾年了嗎？他們說什麼你在都市傳說裡的如月車站出不來了！」

「嗯……我覺得出不來跟不出去是兩件不同的事耶。」列車長認眞的解釋，「我剛說的妳聽見了嗎？」

「那個都市傳說很可怕的，凡是進去的人都沒出來，我瞥過幾眼，還有什麼鎮……」她又一頓，轉過頭看著他，「門口沒有感應機這種東西。」

「等等的出口有感應機，一定要記得感應，而且要聽見機器喊出站再出去。」列車長微微一笑，「妳一定要記住，筆直往前衝，不要停不要回頭，看見什麼都不能管。」

門口有感應機？無緣無故爲什麼有感應機？需要感應的只有閘門啊！

「汪聿芃。」列車長一字一字的說著，「聽到沒？」

「聽到，但沒懂。」汪聿芃呆望著列車長，她眞的記得看過這個人……他叫、叫……

列車長瞇起眼睛笑，汪聿芃暗暗哇了一聲，眞的好萌啊，他有雙酒窩，讓她不自覺的跟著笑耶……不對！如月車站，這個都市傳說很駭人啊，進去的人都消失了，之前「都市傳說社」進去過，然後裡面有飢餓人、歸化的比奈鎮——

「啊！」她猛然抬頭。

「告訴大家，我很好。」列車長在她手上用力一握，「然後這個社團很好喔！去參加包準妳不會後悔。」

汪聿芃皺起眉，心臟開始因為緊張而劇烈跳動，「你、那個大家都很擔心，我記得那個會格鬥的女生很難過！」

「所以我才要請妳幫我轉告他們，我很好，非常好，而且我現在是列車長呢！」

「好！」她用力點頭，「可是……原本的列車長呢？」

列車長一怔，旋即劃滿了笑容，「妳真的很有趣耶，每次都在自己的世界裡思考，慢半拍就算了，該細心的時候卻是一針見血啊！」

「什麼？」事實上她根本聽不懂。

「之前的列車長啊……」眼前的男孩笑出一抹神祕，「退休了！」

嗯？汪聿芃蹙起眉心，「都市傳說的列車長還能退休？」

「啊啊……快到站了！記得我跟妳說的嗎？」他起了身，朝她伸出手。

汪聿芃深吸了一口氣，用力點頭，愣愣的搭上列車長的手。

外頭漆黑一片，緊接著進入了像是山洞的地方，叩隆叩隆，叩隆叩隆，她突然感覺有人在看她，倏地回頭，發現別的車廂的乘客瞪大可怕的眼睛，瞪著她。

那眞的是瞪。

「他們在看什麼啊？」她不滿的嚷著。

「看我違規啊！」列車長說得輕鬆，「整個車站的人都知道我違規跟妳爆料了，所以車站那邊絕對已經有人在等妳——記住，一出去就要全力奔跑，知道嗎？」

列車長捏著她的手更緊，被他這麼一說，她開始緊張了。

「車票？」

「好了！」她捏著剛買的車票……對厚，她才想起來，什麼時候輕軌有賣什麼紀念票的？這張一日券車票跟平時的票種長得也不同啊！

明明應該是感應代幣的！

「藏在掌心裡，不要張揚。」

汪聿芃依言照做，看著列車緩緩停下，那月台上……哎唷！那是什麼？好噁心的骷髏……不對，他們有皮，這根本是骨頭人啊！一層皮貼著骨頭，眼窩圓大的朝月台聚集！

「刷票、衝出去，出口在斜前方……來，十一點鐘方向，門邊有感應機有沒有？」

汪聿芃沒回答，她開始喘著氣，「那個、那個旁邊都有……」

「他們動作不快，但力量很大，妳小心不要被抓到就好。」列車長說得好輕鬆，看得她都快哭出來了。

「預備備——」列車長說著，汪聿芃突然後腳往後，呈現標準跑步姿勢。

呃……他笑了起來，感受著列車停下。

門開了。

「現在！」

汪聿芃立刻往外衝，閘門就在正前方，左手嗶票後筆直向前衝，頭不能回，她看見了！看見門邊有個感應機，還有——

「啊！夏天！」她尖叫出聲，回過身子，「夏天學長！」

「叫妳不要回頭！」列車長站在車門邊，「快滾！」

「噢！」汪聿芃左手往感應機一掃，嗚——

『**如月車站，出站。**』

她旋過身子，後退的看著這詭譎的車站，幾個飢餓人伸長了手，邊吶喊著邊朝她逼近，她最後看見的是上頭橫樑上的字：きさらぎ。

眞的有——「哇啊啊——」

咚咚咚，女孩從樓梯上摔了下去，一連十幾個階梯，直接摔到平台上。

「怎麼了？」樓下有人大喊。

唉……唷……「好痛……」汪聿芃撐起身子，左顧右盼，她在輕軌站啊！

向上望去，月台上等車的人也跑下來關心……爲什麼她會從輕軌站月台旁的階梯摔下來呢？痛痛痛痛！

「同學沒事吧？」其實一堆人根本也不知道她從哪裡出現的。

「謝謝謝謝！沒事！我能站！」她扶著一旁的欄杆起身，其他學生爲她拾起東西，塞進她手裡，「謝謝喔！」

汪聿芃倚著欄杆觀察，大學站耶，她到站了！剛剛那是什麼奇幻世界啊……きさらぎ，如月車站！對，那是赫赫有名的都市傳說！

看著手裡被揉爛的社團宣傳文宣，她緩緩打開。

『你是都市傳說社收集者嗎？「都市傳說社」等著你喔！』

汪聿芃雙眼閃閃發光，靠！她已經收集兩個了耶！用力捏緊傳單，明天，她就去「都市傳說社」一趟，告訴大家，夏天學長過得很好，非常好，超級好！還升官當列車長了呢！

第一部完

後記

在我寫這篇後記的這天，2016/10/3，恰是都市傳說第一部第1集《一個人的捉迷藏》出版日。

兩年後的今天，都市傳說邁入了第12集，並且是「第一部」完。

在粉專曾陸續且零散的提過幾次，關於台灣的書市現況，以及對都市傳說的出版計劃的影響，在第一部收尾的這刻，做個簡單的統整。

兩年前奇幻基地的總編，也是十餘年的舊友來找我後，便計劃在奇幻基地展開新系列，其實早在舊友來找我時，「都市傳說系列」我不但早已計劃好，甚至第一本稿子早已寫畢，因此便提出了該企劃，大家也得到了共識。

兩年前的書市已經很不好，所以「都市傳說系列」暫定六集，簡略規劃好六本的進度，故事均以單集為主，僅人物串連，背景也無大故事或大BOSS貫穿，這樣的簡易設定，讓後來增設集數上很方便。

書市接下來是一年比一年慘，到了二〇一六的今天已經到了一個月比一個月慘的境地了，所以這些年在許多書一直有「腰斬」（至少還有結局）或是後續無消息的狀況，因此所有作者們都是戰戰兢兢，而當編輯跟我討論是否能將都市傳說從六集增到十二集時，可想而知我有多開心。

這一切現實的說，就是繫之於銷售量，勢必要達到一個標準，才能有再出版下一本的機會啊！

而今年面臨第12集即將到來的時刻，編輯再度討論都市傳說其實題材頗多，是否換新血後再繼續寫？

所以我終於可以在這裡很鄭重的說，**都市傳說是會有第二部的**，您手上捧著的這本第12集，是第一部的完美結束，不但是我非常喜歡的結局，如月車站還是我第一次接觸都市傳說的故事呢！

如果剛看完的你可能有一點點情緒澎湃，但是仔細想想，我覺得這一切都是最完美的安排啊！爲了怕有人沒看內文先看後記，這邊就少提內容不暴雷囉！

但可以將一直有懸念的如月車站，用自己的方式描寫出我們看不見也不知道的後續，有一種了心願的感覺……畢竟一直都很期待當年那位小姐能夠再現身啊！

能有這一切要感謝購書的大家啊！嗚嗚，都有追書的天使應該有注意到，我從某時開始，後記最後一句都會再三謝謝購書的您們，購書眞的是對作者最直接實際的支持，尤其在書市低迷的情況下，數字決定了一切，決定了有沒有下一本的出版！

因爲大家實際行動的支持，「都市傳說系列」才能由六到十二，甚至有第二部囉！我是超開心了啦哈哈！

至於大家很關切第二部的主角群們，的確是會換血的喔，因爲同樣的角色、個性與行爲模式已經看了十二集，會生厭的呢！而且我的角色都會長大，沒辦法當永遠的柯南，他們也該畢業啦！

聰明的天使應該已經嗅到新血的味道了，可以在心裡猜猜看，下一波的都市傳說會有哪些人活躍呢？

至於畢業的學長姊，Well，你們懂的，出社會後工作很忙，但有空時說不定也能回來看看學弟妹囉！

最後最後，一百萬分的感謝購買此書的您，購書是對創作者最直接有效的支持，**LOVE YOU ALL!!**

陪我一起等待第二部的誕生囉！

笭菁　誠摯感謝　2016/10/3

境外之城 066

都市傳說12（第一部完）：如月車站

作　　　者／笭菁
企畫選書人／張世國
責 任 編 輯／張世國
發　行　人／何飛鵬
總　編　輯／楊秀眞
業 務 經 理／李振東
行 銷 企 劃／周丹蘋
法 律 顧 問／台英國際商務法律事務所　羅明通律師
出版／奇幻基地出版
　　城邦文化事業股份有限公司
　　台北市南港區昆陽街16號4樓
　　電話：(02)25007008　傳眞：(02)25027676
　　網址：www.ffoundation.com.tw
　　e-mail：ffoundation@cite.com.tw
發行／英屬蓋曼群島商家庭傳媒股份有限公司城邦分公司
　　台北市南港區昆陽街16號8樓
　　書虫客服服務專線：(02)25007718・(02)25007719
　　24 小時傳眞服務：(02)25170999・(02)25001991
　　服務時間：週一至週五09:30-12:00・13:30-17:00
　　郵撥帳號：19863813　戶名：書虫股份有限公司
　　讀者服務信箱 E-mail：service@readingclub.com.tw
　　歡迎光臨城邦讀書花園 網址：www.cite.com.tw
香港發行所／城邦（香港）出版集團有限公司
　　香港灣仔駱克道 193 號東超商業中心 1 樓
　　電話：(852) 2508-6231 傳眞：(852) 2578-9337
馬新發行所／城邦（馬新）出版集團
　　【Cite(M)Sdn. Bhd.(458372U)】
　　11, Jalan 30D/146, Desa Tasik,
　　Sungai Besi, 57000 Kuala Lumpur, Malaysia.
　　電話：(603) 90578822　傳眞：(603) 90576622

封面內頁插畫／豆花
封面設計／邱宇陞工作室
排　　版／極翔企業有限公司
印　　刷／高典印刷有限公司
■2016 年（民 105）11月8日初版一刷
■2024 年（民 113）5月3日初版18.5刷

售價／280元

國家圖書館出版品預行編目資料

都市傳說12（第一部完）：如月車站 /笭菁著, -
初版—臺北市：奇幻基地出版；家庭傳媒城邦
分公司發行；2016.11（民105.11）
　面：　公分, -（境外之城：66）
ISBN 978-986-93504-3-3（平裝）

857.7　　105017859

ISBN 978-986-93504-3-3
Printed in Taiwan.

城邦讀書花園
www.cite.com.tw

廣　告　回　函
北區郵政管理登記證
台北廣字第000791號
郵資已付，免貼郵票

104台北市民生東路二段141號11樓

英屬蓋曼群島商家庭傳媒股份有限公司城邦分公司 收

請沿虛線對摺，謝謝

奇幻基地

每個人都有一本奇幻文學的啓蒙書

奇幻基地官網：http://www.ffoundation.com.tw
奇幻基地粉絲團：http://www.facebook.com/ffoundation

書號：**1HO066**　　書名：都市傳說12（第一部完）：如月車站

15
annual

奇幻基地15周年龍來瘋慶典

集點好禮獎不完！還可抽未來6個月新書免費看！

活動期間，購買奇幻基地作品，剪下回函卡右下角點數，集滿點數，寄回本公司即可兌換獎品＆參加抽獎！

集點兌換辦法

2016年06月起至2017年12月20日前(郵戳為憑)，奇幻基地出版之新書，剪下回函卡右下角點數，集滿點數貼至右邊集點處，寄回奇幻基地，即可兌換贈品(兌換完為止)，並可參加抽獎。

集點兌換獎品説明

5點：「奇幻龍」書擋一個（寬8x高15cm，壓克力材質)

10點：王者之路T恤一件(可指定尺寸S、M、L)

回函卡抽獎説明

1.寄回集滿5點或10點的回函卡，皆可參加抽獎活動！回函卡可累計，每張尚未被抽中的回函卡皆可參加抽獎。寄越多，中獎機率越高！

2.開獎日：2016年12月31日(限額5人)、2017年05月31日(限額10人)、2017年12月31日(限額10人)，共抽三次。

回函卡抽獎贈書説明

中獎後，未來6個月每月免費提供奇幻基地當月新書一本！
(每月1冊，共6冊。不可指定品項。)

特別説明：

1.請以正楷書寫回函卡資料，若字跡潦草無法辨識，視同棄權。
2.本活動限台澎金馬。

【集點處】

1	6
2	7
3	8
4	9
5	10

（點數與回函卡皆影印無效）

個人資料：

姓名：＿＿＿＿＿＿＿＿＿＿＿＿＿＿＿＿ 性別：□男 □女

地址：＿＿＿＿＿＿＿＿＿＿＿＿＿＿＿＿＿＿＿＿＿＿＿＿＿＿＿＿

電話：＿＿＿＿＿＿＿＿＿＿＿＿ email：＿＿＿＿＿＿＿＿＿＿＿＿

想對奇幻基地説的話：＿＿＿＿＿＿＿＿＿＿＿＿＿＿＿＿＿＿＿＿＿

＿＿＿＿＿＿＿＿＿＿＿＿＿＿＿＿＿＿＿＿＿＿＿＿＿＿＿＿＿＿＿＿

請剪下右側點數，貼於背面的集點處，集滿5點以上，即可寄回兌換抽獎

1
2016